岩 波 文 庫

35-025-1

声でたのしむ

美しい日本の詩

大岡信
谷川俊太郎 編

凡　例

・本書には、声で読むという観点に立って、古代から現代までの和歌・俳句・歌謡・連句の中から三四六の作品を、明治以降の近・現代詩の中から七二の作品を選んで収録した。

・作品は、ジャンルごとに原則として作者の生年順としたが、活躍した時期などの文学史的事実も考慮して配列した。

・表記については原則として新字体を用い、仮名づかいはテキストにしたがった。また、鑑賞の便のため、新仮名づかいで振り仮名を付した。

・鑑賞の手引きとなる脚注をつけた。

目次

装画／カット　安野光雅

声でたのしむ

美しい日本の詩

はじめに

大岡 信

メソポタミアとかエジプト、あるいはインド、中国。それらの土地で文字というものが発明され、そのおかげで遥か遠方の人々にまで知識を普遍的に伝えることができるようになったのは、人類の歴史にとって最大の事件のひとつでした。

私たちには、この日本の島の上ではじめて大陸渡来の文字というものを目にし、驚きと好奇心に満ちてそれを使いはじめたであろう六世紀、七世紀のころの人々のことは、ほとんど想像もできないほどになってしまいましたが、それまで声とジェスチャーの言葉だけでお互いの意思を通じ合わせていた人々にとっては、文字という新しい、強力無比な伝達手段の出現は、どれほどすばらしい出来事だったか知れません。なにしろ、声や音の届く範囲の人々との、その場限りの会話や意思伝達しかできなかった人たちが、文字の導入によって、何百キロ先の相手にでも通信できるようになったのですから、文字の偉力は絶大でした。

もともと詩歌は、地球上のあらゆる民族にとって、その民族の言語の発生とともにあった、喜怒哀楽や祈りの最も重要な表現手段でした。文字の出現より遥か以前から、すでにおびただしい詩歌が音声言語や身振り手振りによって歌われ、演じられていたことは言うまでもありません。そのような詩歌の長い歴史は、文字の導入後、一層豊かなものとなって人々の心の糧となっていきました。声と文字とは決して対立・矛盾するものではなく、文字という新しい手段を通すことによって、ある一つの詩歌作品が何百万人ものそれぞれ別個の声として甦ることも可能になったのです。

この「声」の中には、文字を黙読しているだけで心の中に湧き起こる「内心の声」も含まれます。一千年前の詩歌がほんとの意味で私たちのものになるのは、目という器官を通して、実は私たち一人一人の心の中でそれらの文字が音となり声となって了解されるからではないでしょうか。目が声を呼び起こすときはじめて、詩歌作品は真に具体的に読者一人一人のものとなるのだと私は思います。なぜかといえば、普遍性をその最高の属性とする文字そのものが、本来、声と離れて存在するものではないからです。

私たち日本人は漢字という素晴らしい文字言語を日常使っています。漢字は一字一字が意味を表わしていますから、その意味だけを取り出して考えれば、声とは無関係であるようにも思えます。しかしそれは違います。漢字の本家である中国の詩人たちは、詩を作るのに意味だけを切り離して書くようなことは決してしませんでした。韻を整えることに漢詩作法の最も基本的なルールがあったことを思い出すだけで十分でしょう。

ましてアルファベットのような表音文字を用いて書く全世界大多数の民族の場合、文字と音声との緊密な結びつきについてはあらためて言う必要もないでしょう。私たちは表音文字で綴られた詩を読むとき、日本の詩歌を読むときよりもかなり顕著に、それらの音に対して敏感になっているはずです。それはアルファベットその他の表音文字が必然的に要求する読み方なのです。

日本の詩人たちも、言葉の本質をなす音声に鈍感であることは許されませんでした。『紫式部日記』の中に、一条天皇の中宮彰子が父藤原道長の邸に帰って皇子を産むくだりがあります。皇子誕生の祝宴に侍った女房たちの一人である紫式部は、このような祝宴の際のたしなみとして、酒を賓客たちにつぎながら詠みあげるべき祝賀の和歌を一首作ってその場にのぞみましたが、居並ぶ高位の面々の中に四条大納言藤原公任《きんとう》がいたために、女房たちが口々に「どうしよう、恥ずかしい。歌の出来不出来は仕方がないけれど、ちゃんとした声《こわ》づかいで詠みあげることができそうもないわ」とひそひそ言い合うさまを日記に書きとめています。

公任は当時の歌界・歌学界の第一人者と目された人で、有名な『和漢朗詠集』の編者でもあり、藤原一門の大物でした。和歌・漢詩における才のみならず、詩歌や管弦の道にも傑出したいわゆる三船の才の持主で、女房たちが尻ごみしたのも、公任の前で自作の和歌を詠みあげながら彼の盃に酒をすすめる役がまわってくるのを恐れたからです。「歌をばさるものにて、こわづかひようゐひのべじ」、つまり歌の出来ばえよりもむしろ声をあげて詠じることの方を彼女らが気にしたというのは面白いことです。紫式部は日記に自分がその時用意して行った歌を書きつけていますから、歌の出来ばえには自信をもっていたでしょう。しかし、公任の前で声をあげて自作を詠みあげることについては、やはり気おくれを感じていたと思われます。

ずっと時代がくだって、元禄時代の俳諧の文句なしの巨匠である松尾芭蕉は、弟子たちに作句の要諦としてしばしば「舌頭に千転せよ」と教えました。句というものの本質が音声と切っても切り離せないものであることを、これほど簡潔に言い切った言葉も少ないでしょう。

短歌形式（五七五七七）、俳句形式（五七五）をはじめとして、日本の詩型には古来かなりの種類の形式がありました。歌謡の面白さの重要な一因も、七五調を基盤にした詩型の工夫のみごとさにあります。

それらすべてを通じて、文字で表記する場合、「、」とか「。」、括弧(「　」・(　))、疑問符(「?」)、感嘆符(「!」)など、広い意味での句読点はいっさい使われていませんでした。現代の活字本になった歌謡集などでは句読点がついているものもありますが、これは現代の読者の便宜を考慮して新たにつけられたものです。

なぜ句読点がついていなかったかといえば、句読点の助けがなくてもそれらの和歌や俳諧、歌謡を理解することができたからです。詩歌はくちずさめばわかるものというのは当然の前提でした。なぜなら、元来音声には句読点などないからです。音声に出してみてわかる作品なら、文字で書いた場合に句読点をつける必要もないわけでした。

日本の文字表現における句読点の歴史はまだ百年そこそこです。句読点は、書かれたものの論理的な理解を容易にするための記号です。「意味」をとりやすくするための便宜的手段として、明治初年代に、西洋の書物の翻訳とともに日本語の中に入ってきたものでした。

詩歌の中に句読点が使われるようになったのは、大まかに言えば大正時代からです。

短歌の中でも、一時期の若山牧水、前田夕暮、また長期にわたって句読点を使った釈迢空の例などがありましたが、それらは短歌世界の異端で、周知のように現在でも、俳句はもちろんのこと、短歌においても句読点はめったに使われていません。

それに比して、大正期以後の自由詩(近代詩・現代詩)においては、テンやマルはもちろん、括弧や感嘆符、疑問符などを使用するのは当たり前のようになりました。

それは言うまでもなく、詩における論理的要素の強調、意味の重視ということと切り離せない現象でした。そこに、伝統的な定型詩である短歌や俳句と、近・現代詩との大きな違いが、いわば象徴的にあらわれていると言うこともできるのです。

現代詩は黙読されることを要求する詩であると考える現代詩人が存在するのも、これと深く関連した現象でしょう。もっとも、私は真に黙読のみに値する詩というものがそんなにあるとは信じません。むしろ、一篇でもそのような詩があるなら、それは稀有の出来事だと言うべきでしょう。なぜならそれは、言語の本質に敢然と逆らって打ち樹てられた瞠目すべき奇跡的作品であるはずだからです。私はまだそのような作品に出会ったことはありません。

ここに谷川・大岡両名が編むアンソロジーは、古代から現代までの日本の詩歌作品を、声を通して読み、鑑賞するという観点に立って編集したものです。

編纂の背景をなす考え方は、以上のべたようなところにありますが、根本的な動機としては、現代日本社会において言語表現が置かれている立場に対する危機感があると言えると思います。これはその意味で、言葉の力を再確認し、強化するための一つの試みとして編まれた本だと言えるでしょう。その言葉の力は、決して大声で叫ぶところに生じるわけではなく、むしろ静かに、明確に、リズムをもって、ある時は荘重に、またある時は軽やかに、しかし常に一語一語の働きを最大限に生かすようにして書かれ、声に発せられるところに生じるものであることを、これらの詩歌作品は立証していると思います。

このアンソロジーのために作品を提供して下さった作者の皆さんに御礼申しあげます。

編纂作業が終わるまでには、思いのほか時間がかかりましたが、このアンソロジーは編者両名の合議によって編まれたものです。現代詩の選択については、耳で聞くことを第一目的としたので、他のアンソロジー類とはかなり異なった性格のものになっていると思います。

本文の下欄には、それぞれの作品の鑑賞の手引きとなると思われる注記をつけました。

屋上屋を架する愚におちいっていないことを願っております。この注記は、和歌・俳句を大岡、近・現代詩を谷川が担当しました。

古典和歌

秋の田の穂《ほ》の上《え》に霧《き》らふ朝霞《あさがすみ》
何《い》処《つ》辺《へ》の方《かた》にわが恋《こ》ひ止《や》まむ

磐姫皇后《いわのひめのおおきさき》

われはもや安見児《やすみこ》得たり皆人《みなひと》の
得《え》難《がて》にすとふ安見児得たり

藤原鎌足《ふじわらのかまたり》

生没年未詳
晩秋の田の面に垂れる稲穂。その上に重く漂う朝霧（霞の語は古代では霧をも意味しました）。いったいどの方角にむけてこの霧は晴れてゆくのだろう。そしてこの霧さながらの私の恋は？ 第十六代仁徳天皇の皇后磐姫皇后は、情熱的で嫉妬深いお后という伝承があり、この歌も、後世の恋歌が皇后のそういう性格に合わせて彼女に仮託されたものでしょう。上句（かみのく）の自然描写と下句（しものく）の心理の重ね合わせ方がみごとです。

六一四―六六九
藤原家の祖鎌足。天智天皇の右腕ともいうべき重臣でした。その人物が、采女（うねめ）安見児をついに手に入れた勝利の凱歌をあげています。この種の恋の勝利の歌は日本詩歌史に珍しいもの。

今更《いまさら》に何をか思はむうちなびきこころは君によりにしものを

安《あ》倍《べの》女《いら》郎《つめ》

君待つとわが恋《こ》ひをればわが屋戸《やど》のすだれ動かし秋の風吹《ふ》く

額《ぬか》田《だのおおきみ》王

生没年未詳
『万葉集』にはこれと並んで同じ作者の次の歌もあります。
わが背子は物な思ほし事しあらば火にも水にもわれ無けなくに
女の方が男に比べひたぶるに恋に生きていることは明らかです。男は気弱で体面のことなど気にしているのでしょう。それが女にはじれったくもあり、いとしくもあり……。

七世紀の人
「額田王、近江天皇(天智)を思(しの)ひて作る歌」とあります。彼女は大海人(おおあま)皇子の妃でしたが、のち皇子の実兄天智天皇の妃の一人となりました。相手の訪れを心待ちにしている女性。ほんのかすかな物音や動きにさえ胸がときめいて。

わが背子《せこ》を大和《やまと》へ遣《や》るとさ夜深《よふ》けて
暁露《あかときつゆ》にわが立ち濡《ぬ》れし

大伯皇女《おおくのひめみこ》

石《いわ》ばしる垂水《たるみ》の上のさ蕨《わらび》の
萌《も》え出《い》づる春になりにけるかも

志貴皇子《しきのみこ》

六六一―七〇一
伊勢神宮に斎宮として仕えている大伯皇女のもとに、同母弟大津皇子が一夜ひそかに訪れました。どんな重大な話がかわされたのかはもとよりわかりません。姉は早暁、朝露に濡れながら、愛するただ一人の弟が大和へ帰るのを見送ります。日ならずして大津皇子は反逆の汚名をきせられ、処刑されます。皇女が胸おののかせて見送った弟は、あれきり見おさめとなりました。姉弟の別れなのに、この歌にはさながら恋人同士の別れのような熱い思いが感じられます。

未詳―七一六
「石ばしる」は石の上を激しく水が流れるさま。「垂水」は滝。古来、春の名歌として愛誦された歌。

ももづたふ磐余《いわれ》の池に鳴く鴨《かも》を
今日のみ見てや雲隠《くもがく》りなむ

大津皇子《おおつのみこ》

鳴呼見《あみ》の浦《うら》に船乗りすらむ娘子《おとめ》らが
玉裳《たまも》の裾《すそ》に潮満《しおみ》つらむか

柿本人麻呂《かきのもとのひとまろ》

六六三—六八六
奈良の磐余(いわれ)の池のほとりで処刑された皇子が、その場で歌ったとされる臨終詠。「ももづたふ」はイ音にかかる枕詞。「雲隠る」は高位の人が死ぬことの婉曲な表現。池に鳴く鴨よ、そなたを見るのも今日を限りとして死んでゆくのか、私は。宮廷の権力争いの渦中で反逆罪の汚名をきせられ、二十四歳で殺された大津皇子は、文武に秀でた偉才でした。妃は皇子の遺骸にかけ寄って殉死しました。

七世紀—八世紀前半の人
女帝持統天皇が伊勢に行幸した折、明日香の都に残った人麻呂が、一行の賑やかな舟遊びを思いやって作った連作の一首。「娘子ら」は若々しい女官たち。彼女らの美しい裳裾を濡らしにくる海の波。エロスの息吹きが歌に輝きをもたらしています。

もののふの八十《やそ》氏河《うじかわ》の網代木《あじろぎ》に
いさよふ波の行《ゆ》く方《え》知らずも

柿本人麻呂《かきのもとのひとまろ》

留火《ともしび》の明石大門《あかしおおと》に入らむ日や
漕《こ》ぎ別れなむ家のあたり見ず

柿本人麻呂《かきのもとのひとまろ》

「もののふの八十」は「氏(ウヂ)」にかかる枕詞で、同音の縁で「宇治(川)」にもかかります。魚獲のために仕かけた宇治川の網代、急流がしばしたゆたってはたちまち流れ去ってゆく。波の行方はどこへとも知れない。永遠に流れ去って消えてゆく波を詠みつつ、沈痛な調べの背後に、波と同様消え去ってゆく人の命への嘆きをにじませて、古来有名な歌。

「留火の」は「明(あか)」にかかる枕詞。明石海峡に船が入ろうとするとき、遠ざかりゆく故郷大和の方角を振りかえりつつ、もはやわが家のあたりも見えなくなったと詠嘆しています。遠ざかるから一層故郷が強く感じられるのです。

天《あめ》の海に雲の波立ち月の船
星の林に漕《こ》ぎ隠《かく》る見ゆ

柿本人麻呂《かきのもとのひとまろ》歌集《かしゅう》

朝影《あさかげ》にわが身はなりぬ玉かぎる
ほのかに見えて去《い》にし子ゆゑに

柿本人麻呂《かきのもとのひとまろ》歌集《かしゅう》

成立年代未詳
広い夜空は広い海原。その海に波が立つ。それは雲。東から西へ、月の船がしずかに進んでゆく。星が林になって天を覆っているそのあいだを縫って。『万葉集』にはすぐれた叙景歌がたくさんありますが、この歌は中でも異色。

「朝影」は、朝まだき、日をうけて弱々しく地に落ちている物の影。「玉かぎる」は「ほのか」にかかる枕詞で、玉が微光を発する状態をいうとされます。この歌は、ほんのわずかな間逢っただけの女性に対する恋心を歌ったもの。朝影のようにわが身はやつれてしまった、と訴えています。細みの中に優艶さをたたえた歌。

行けど行けど逢《あ》はぬ妹《いも》ゆゑひさかたの
天《あめ》の露霜《つゆじも》にぬれにけるかも

柿本人麻呂《かきのもとのひとまろ》歌集《かしゅう》

天離《あまざか》る鄙《ひな》に五年《いつとせ》住まひつつ
都の風俗《てぶり》忘《わす》らえにけり

山上憶良《やまのうえのおくら》

これまた恋にやつれた男の歌。求婚のため何度でも足を運ぶが、相手の女性と逢うことができないのです。そのため私は、身も心も、天地に満ちる露霜に濡れそぼってしまった、と。

六六〇―七三三頃

「天離る」は都から天のように遠いの意で、「鄙」の枕詞。憶良はこの歌を詠んだ時、筑前守として九州に赴任して以来もう五年が経っていました。国守の任期は四年が建前。すでに一年余計に田舎暮らしをしているこの身は、もう懐しい大和の都風俗も忘れてしまいました、と嘆いて訴えたのです。おさえ難い帰心を訴えられた相手は、大伴旅人。大宰府長官として憶良の上司兼歌友でした。その旅人が大納言となり都へ帰る時、送別宴で詠まれたのがこの歌。

萩《はぎ》の花　尾花《をばな》　葛花《くずばな》　瞿麦《なでしこ》の花
女郎花《おみなえし》　また　藤袴《ふじばかま》　朝貌《あさがお》の花

山上憶良《やまのうえのおくら》

何処《いずく》にか船泊《ふなは》てすらむ安礼《あれ》の崎《さき》
漕《こ》ぎ廻《た》みゆきし棚無《たなな》し小舟《おぶね》

高市連黒人《たけちのむらじくろひと》

憶良といえば「貧窮問答の歌」のような人事詠・世相批判の歌で特に知られますが、嬉しいことにこういう優しい自然詠も残しています。五七七・五七七の形式の旋頭歌(せどうか)。歌われているのは秋の七草。尾花はススキ、朝貌はアサガオ、ムクゲ、キキョウなどの諸説があります。

七世紀—八世紀の人
黒人は人麻呂より少し後の宮廷詩人。『万葉集』に十数首の旅の歌を残すだけ。しかもそれだけで旅の歌人として有名です。「安礼の崎」は東海地方の岬でしょう。官吏として多少は立派な船に乗って旅する黒人が、すれ違っていった横板もない粗末な小舟の今夜の泊りを思いやっているのです。危うげな小舟と舟人の姿が、胸にしみて忘れられないのです。

引馬野《ひくまの》ににほふ榛原《はりはら》入り乱れ
衣《ころも》にほはせ旅のしるしに

長忌寸意吉麿《ながのいみきおきまろ》

沫雪《あわゆき》のほどろほどろに降り敷《し》けば
平城《なら》の京《みやこ》し思ほゆるかも

大伴旅人《おおとものたびと》

七世紀—八世紀の人

「引馬野」は三河（遠江説も）の野。持統女帝の三河行幸に随行する人に、都に残る作者がはなむけに贈った歌と解されます。「にほふ」は古代語では色づき映えるの意。「榛原」はハンの木の原。ハンの木は摺り染めなどの染料になりました。引馬野についたら、紅葉している林に入り乱れて入り、美しく照り映える葉の色を衣に映しておいでなさい、旅の記念に、と呼びかけたのです。

六六五—七三一

「ほどろ」のホドは雪などがはらはらと散るさま。ホドはホドクなどのホドと同じといいます。あわあわと雪の降る日、大宰府長官として赴任していた旅人が故郷奈良を思って詠じた歌。「ほどろほどろ」とくり返す音調が、自然に雪の静かさに重なり、望郷の念がせつなく湧きます。

松浦川《まつらがわ》川の瀬《せ》光り鮎釣《あゆつ》ると
立たせる妹《いも》が裳《も》の裾《すそ》濡れぬ

大伴旅人《おおとものたびと》

あをによし寧楽《なら》の京師《みやこ》は咲《さ》く花の
薫《にお》ふがごとく今盛《さか》りなり

小野老《おののおゆ》

旅人は大宰府長官の時期、下僚の山上憶良とともに中国の影響を受けて新しい作風の歌を詠みました。この歌も、川で鮎を釣る仙女のような乙女らと旅の男との贈答の形をとった歌物語の中の一首。きらきらと光る川の瀬に立つ乙女らの姿に、作者の神仙思想へのあこがれもうかがわれます。

未詳—七三七
天平讃歌として有名な歌。「花」は奈良の都の華やかな文化の比喩として使われています。この当時は、「花」といえば桜よりむしろ中国伝来の梅が珍重される場合が多かったのですが、さてこの「花」はどうでしょうか。作者は、大伴旅人が長官時代の大宰府次官だったので、北九州からの望郷の歌だったかもしれません。

ぬばたまの夜《よ》の更《ふ》けゆけば久木《ひさぎ》生《お》ふる
清き川原《かわら》に千鳥《ちどり》しば鳴く

山《やま》部《べの》赤《あか》人《ひと》

若《わか》の浦《うら》に潮《しお》満ち来れば潟《かた》を無《な》み
葦辺《あしべ》をさして鶴《たづ》鳴き渡《わた》る

山《やま》部《べの》赤《あか》人《ひと》

八世紀前半頃の人

「ぬばたまの」は夜にかかる枕詞。「久木」は落葉高木のキササゲともアカメカシワともいわれます。当時吉野の宮滝近くにあった離宮行幸に随行した時の歌。山峡の川原に啼く千鳥の声に深まる夜。静かさに眼も耳も澄みきってゆく思い。同時作に有名な「み吉野の象山(きさやま)の際(ま)の木末(こぬれ)にはここだもさわく鳥の声かも」も。

神亀(じんき)元年、聖武天皇の紀伊行幸に随行した折の長歌につけた反歌。「若の浦」は和歌山市和歌浦。「潟を無み」は、潮が満ちて干潟がなくなったための意。干潟がなくなってしまったので、鶴の群は鳴きかわしながら生い茂った葦のあたりへ移ってゆくのです。

恋《こ》ひ恋ひて逢《あ》へる時だに愛《うつく》しき
言尽《ことつく》してよ長くと思《も》はば

大伴坂上郎女《おおとものさかのうえのいらつめ》

あまの原ふりさけみれば春日《かすが》なる
三笠《みかさ》の山にいでし月かも

安倍仲麻呂《あべのなかまろ》

生没年未詳
やっとお逢いできた時だけでも、せめてたっぷりと優しいお言葉を下さるものよ、二人の間を末長く保とうとお思いならば。大伴駿河麻呂にあてた恋歌ですが、実をいえば、彼女の次女二嬢(おといらつめ)に代って、娘の夫である駿河麻呂に贈った歌らしいのです。

六九八―七七〇
十六歳で渡唐し、玄宗皇帝に仕えて出世した安倍仲麻呂が三十数年後帰朝することになり、明州の海岸まできた時に詠んだ歌とされています。振り仰げば東の空に月が輝いている。ああ、ふるさと奈良の三笠山にのぼっている同じ月を、私は今このはるかな海岸で見つめているのだ、と。しかし彼は日本に帰れませんでした。難船し、再び唐に戻ったのです。

旅人の宿りせむ野に霜《しも》降らば
わが子羽《は》ぐくめ天《あめ》の鶴群《たづむら》

遣唐使《けんとうし》随員《ずいいん》の母

かはづ鳴く甘奈備川《かんなびがわ》に影《かげ》見えて
今か咲《さ》くらむ山吹《やまぶき》の花

厚《あつ》見王《みのおおきみ》

八世紀前半の人
天平五年遣唐大使多治比広成(たじひのひろなり)一行が難波を出発する時、ある随行員の母が前途の安全を祈って歌ったもの。旅人の宿る野に霜の降る寒い冬がやって来たならば、私の子をどうぞ羽に包んでやっておくれ、空をゆく鶴たちよ。「羽ぐくめ」は羽に包んでやってくれ。白氏文集「夜鶴憶レ子籠中鳴」など、鶴がきわめて子供思いだとする中国伝来の観念が背後にあります。

八世紀半ばの人
梅に鶯、竹に雀、葦に雁といった花鳥の組み合わせは、紋切り型とまでいわれるほど日本人の美学の構成要素の一つになっていました。カワズと山吹もその一つで、どうやらその元はこの歌のようです。カワズは声のいいカジカのこと。甘奈備川は飛鳥川とも竜田川ともいいます。

春の苑《その》 紅《くれない》にほふ桃《もも》の花
下照《したで》る道に出《い》で立つ少女《おとめ》

大伴家持《おおとものやかもち》

朝床《あさどこ》に聞けば遥《はる》けし射水川《いみずがわ》
朝漕《あさこ》ぎしつつ歌ふ船人《ふなびと》

大伴家持《おおとものやかもち》

七一七?—七八五

家持三十四歳当時の三月一日、国守だった越中での作。「にほふ」は色美しく映える意。満開の桃の花に照りかがやく道の下に立つ少女は、一幅の絵でもあり、白昼夢のようでもあります。詩人は春の真昼、一瞬桃源境に遊んだのでしょうか。

万葉末期の大歌人家持は二十代の終わりから三十代前半にかけての五年間、越中守として射水の国庁で暮らしました。射水川は飛騨山中に発して北流し高岡の海に入る小矢部川のこと。朝の寝ざめの床で聴く、射水川をさかのぼる水夫たちの唄声。はるかかなたから聞こえてくるようなその唄声は、遠く都を離れている家持の心に響きました。越中時代の代表作の一つ。

うらうらに照れる春日《はるひ》に雲雀《ひばり》あがり
情《こころ》悲しも独《ひと》りしおもへば

大伴家持《おおとものやかもち》

朝霧《あさぎり》のおぼに相見《あいみ》し人ゆゑに
命死ぬべく恋《こ》ひわたるかも

笠女郎《かさのいらつめ》

天平勝宝五年（七五三）二月二十五日作。今の四月初めごろ。うららかな春の日、雲雀は高くあがりしきりにさえずるのに、ひとり物思う心は悲しくふたぐ。家持は二年前、越中守から少納言に任ぜられ奈良に帰っていました。この春愁の歌は現代人にも通じます。彼の代表作として愛誦される歌。

八世紀の人
朝霧のように、逢引きしたともいえないほどほのかにお逢いしただけの方なのに、私は命も絶えんばかりに恋しゅうございます。「朝霧の」は朝霧のように。「おぼ」はおぼろ、ほのか。作者は大伴家持に贈った二十四首の恋歌で知られる女性。いずれも女心を激しく吐露した歌です。

相思《あいおも》はぬ人を思ふは大寺《おおでら》の
餓鬼《がき》の後《しりえ》に額《ぬか》づくがごと

笠女郎《かさのいらつめ》

一つ松幾代《いくよ》か経《へ》ぬる吹《ふ》く風の
声《おと》の清きは年深みかも

市原王《いちはらのおおきみ》

女の燃えたぎる想いにくらべて男の態度は冷たかった。女は苦しみ、じれ、泣き、ついにあきらめる。悲痛な執着をたち切るように女は捨てぜりふを歌に詠みます。薄情なあなたを慕うなんて、貪欲の戒めとしてお寺に置かれている、あの餓鬼の像をへりくだって一所懸命拝むようなものですわ。ご利益なんてあるはずもない。

八世紀の人
老松に吹く風音のきよらかさは、松の齢(よわい)が久しい年を経てきているためだろうか。天平十六年正月十一日、一本の老松の下で家持らと宴を開いた日の歌。さらりと詠んでいますが、深い感情と簡素な表現のふくらみがあって、しっとりと清韻を響かせています。

君が行く道のながてを繰《く》り畳《たた》ね
焼きほろぼさむ天《あめ》の火もがも

狭野弟上娘子《さののおとがみのおとめ》

世間《よのなか》を何に譬《たと》へむ朝びらき
漕《こ》ぎ去《い》にし船の跡《あと》なきがごと

沙《さ》弥《み》満《まん》誓《せい》

八世紀の人
男子禁制の斎宮寮に仕える女官と中臣宅守(やかもり)との密通が露見し、男は越前に流されました。二人が交わした六十三首の歌は『万葉集』の異色で、特に娘子の歌は劇的な表現できわだっています。「道のながて」は男の配所までの長い道。その長い道をくるくるとたぐり寄せ、丸めて焼きつくしておくれ、天の火よ。悲しみと情熱が、火の幻を呼んだのです。

八世紀の人
人生を何にたとえよう。夜明けに港を漕ぎ出した船の後(うしろ)の水には、痕跡すら残らない、人生もまた同じことではないか。無常をうたって古来名高い歌。『拾遺集』『和漢朗詠集』その他にも形を変えてとられたり、『方丈記』などにも引用されています。日本人好みの人生観といえましょうか。

家にてもたゆたふ命波の上に
浮《う》きてし居《お》れば奥処《おくか》知らずも

万葉集よみ人しらず

馬柵《うませ》越《ご》し麦食《は》む駒《こま》のはつはつに
新膚《にいはだ》触《ふ》れし児《こ》ろし愛《かな》しも

東歌《あずまうた》

安全な陸地の家にいてさえゆらゆら揺れ動く命なのに、波の上に漂えば、行く末も知れぬ心細さよ。天平二年十一月、大宰帥大伴旅人が大納言に任ぜられて都に帰る折、主人とは別に海路をとる従者たちが不安な旅の前途を憂えてそれぞれに作った歌の中の一首。この哀感は胸にしみます。

奈良時代の東国民謡には魅力的な恋歌がたくさんあります。柵越しに麦をはむ駒は、柵に妨げられて少しずつしか食べられません。同じように、ほんのわずか新膚にふれたばかりのあの子がおれにはいとおしくてならない、というのです。野生の馬を飼いならした人々の生活から自然に発生した比喩が、新鮮で切実です。

多摩《たま》川《がわ》にさらす手作《てづくり》さらさらに
何《なに》そこの児《こ》のここだ愛《かな》しき

東歌《あずまうた》(武蔵国《むさしのくに》の歌)

筑波嶺《つくばね》の峰《みね》のもみぢ葉《ば》落ち積もり
知るも知らぬも並《な》べて愛《かな》しも

東歌《あずまうた》(常陸国《ひたちのくに》の歌)

「手作」は手織りの布。ここまでは「さらさらに」(さらにさらに)を導き出すための序の働きをしています。多摩川にサラす手作りの布のように、サラニサラニ、なぜ恋人はこんなにも(「ここだ」)いとしいのだろう、と。多摩川べりは古代の税(調)として布を納入しました。調布の地名もここからきました。調べの快さは無類。

秋の収穫後は祭りの季節。古代の筑波山は未知の男女がその祭りで自由に愛し合えるところとして有名で、彼らが歌を詠みかわす嬥歌(かがい)も盛んに行なわれました。筑波嶺に落ちつもる美しい紅葉はどれもこれも(「並べて」)いとしい。同じように筑波山に集まっている男女は、知る人も知らない人も皆いとしい、と。

筑紫《つくし》なるにほふ児《こ》ゆゑに陸奥《みちのく》の
可刀利《かとり》をとめの結《ゆ》ひし紐《ひも》解く

東歌《あずまうた》(陸奥国《みちのくのくに》の歌)

春日野《かすがの》はけふはな焼きそ若草《わかくさ》の
つまもこもれりわれもこもれり

古今集《こきんしゅう》よみ人しらず

筑紫乙女のあまりの美しさに、陸奥の恋人が結んだきずなの紐を解いてしまったよ、と。「結ふ」とは元来、紐を結ぶことによって、他人が入りこんだり手をつけることを禁じることとです。故郷で相思の恋人同士が相手の節操を念じて結び合った紐も、男の浮気心まではつなぎとめえなかったのです。

早春、新しい草がよく育つよう枯野を焼きます。春日山のふもとで野焼きする農民たちよ、今日は焼かないでおくれ、いとしい妻も私も野にこもっているんだから。「な……そ」は制止。「若草の」は、つま(夫・妻)の枕詞。民謡調の明るい調べです。広く愛誦されたでしょう。

五月《さつき》待つ花橘《はなたちばな》の香《か》をかげば
昔《むかし》の人の袖《そで》の香《か》ぞする

古今集《こきんしゅう》よみ人しらず

木《こ》のまよりもりくる月の影《かげ》見れば
心づくしの秋は来にけり

古今集《こきんしゅう》よみ人しらず

「花橘」は橘の花。「昔の人」は昔の恋人。橘の花の芳香が、かつての恋人の袖にたきしめられていた香りを突然思い出させたのです。嗅覚によって過去の記憶を呼びさますという主題は平安朝当時新しい方法でした。「花橘の香」といえば「昔の人」という連想の型ができたほど、この歌は愛誦されました。

「心づくし」は心を尽くさせること。歌の中心はこの「心づくし」。秋になると野山の色や趣きが美しく移り変わります。しかしその黄金の輝きは束の間に過ぎてしまうので、思うたびに気がもめるというのです。「心づくしの秋」というこの含蓄ある表現は、『源氏物語』など、平安朝文学に広く愛用されました。

ほのぼのと明石《あかし》の浦《うら》の朝霧《あさぎり》に
島がくれ行く舟《ふね》をしぞ思ふ

古今集《こきんしゅう》よみ人しらず

郭公《ほととぎす》なくや五月《さつき》のあやめ草
あやめもしらぬ恋《こい》もするかな

古今集《こきんしゅう》よみ人しらず

「ほのぼのと」は「明石」の枕詞ですが、ここではそのまま実景に溶け入った表現となっています。朝霧にまぎれ島陰に消えてゆく舟。その舟に自分自身もまた乗っているような思いが重なって、愁いを含んだ調べを生んでいます。平安朝のころは柿本人麻呂の作と思われていました。

『古今集』の恋歌を代表する一首で、古来広く愛誦されました。初夏の景物のほととぎすとあやめを配したこの恋の闇は、歌の調べからすればむしろさわやかです。上三句は同音を重ねて「あやめ」を引き出す序詞。「あやめ」は織物の文目(あやめ)で、模様や色合い。それさえ見分けがつかぬほど恋に夢中で、というのが「あやめもしらぬ」。

世の中は夢《ゆめ》か現《うつつ》か現とも
夢とも知らずありてなければ

古今集《こきんしゅう》よみ人しらず

わが心なぐさめかねつ更級《さらしな》や
姨捨山《おばすてやま》にてる月を見て

古今集《こきんしゅう》よみ人しらず

この世というもの、存在しているのか、それとも存在してないのか、それがわからぬ、「ありてなければ」だもの。この世の無常を歌って、単純な善悪や物の見方を否定している歌といえましょう。

信州更級郡姨捨山を月の名所として有名にした歌。のちに同地方の棄老伝説と結びつき、老母を村の慣習通り山に捨ててきた孝行息子が、悲しみに耐えきれずこの歌をうたって母親を連れ戻しに行ったという説話を生んだためよく知られています。作者不詳ですが、都からの旅人が、凄みさえ覚えさせられる山国の月の美しさに、思わず我が身の寂寥を実感して詠んだ歌かもしれません。

花の色は移りにけりないたづらに
わが身世《よ》にふるながめせし間に

小《お》野《のの》小《こ》町《まち》

うたたねに恋《こい》しき人を見てしより
夢《ゆめ》てふものはたのみそめてき

小《お》野《のの》小《こ》町《まち》

九世紀の人

「いたづらに」はむなしく。見ようと見ようと思っていたのに、春の盛りの美しい桜の花はむなしく色あせてしまった。その「むなしく」はうしろにもかかり、むなしく私が「世にふるながめせしまに」。この「ふる」には二重の意味があり、ひとつは「降る」、もうひとつは「経る」。「ながめ」も「長雨」と「うつろに眺めている」気分にかかります。ああ、春の長雨の季節を嘆き暮らしている間に、花の色はいたずらに移ってしまった、と。

古代人は夢の通路というものがあり、恋し合っていれば夢で相手に逢えると思っていました。そのような俗信を踏まえて詠まれています。一度は夢で逢えたのですもの、あの方が思って下さっていると信じて、頼りにしたのです。

唐衣《からごろも》きつつなれにしつましあれば
はるばるきぬる旅をしぞ思ふ

在原業平《ありわらのなりひら》

八二五―八八〇
歌才の豊かさに加えて、色好みの理想家として数々の逸話の主。東国流浪の折、三河の八橋（やつはし）で川べりに美しく咲くカキツバタを見て、旅愁たえがたく、カキツバタの五文字を各句の頭にすえて詠んだ歌。この技法を折句（おりく）といいます。唐衣は舶来の美しい衣。その唐衣を着てむつみ合った妻を、都に残してひとり放浪する嘆き。

名にし負《お》はばいざこととはむ都鳥《みやこどり》
わが思ふ人はありやなしやと

在原業平《ありわらのなりひら》

『伊勢物語』第九段でも有名。さすらって隅田川べりまでたどりついた男が、水辺の白い鳥どもを見て船頭に名をたずねます。「都鳥でさあ」といわれて胸をつかれ、呼びかけます。鳥よ、まことに都の鳥というのなら、きかせてくれ、片時も忘れ得ぬあの人は、今も都で生きているのか、いないのか。鳥はユリカモメ。

秋来《き》ぬと目にはさやかに見えねども
風のおとにぞおどろかれぬる

藤原敏行《ふじわらのとしゆき》

これやこの行くも帰るも別れては
知るも知らぬも逢坂《おうさか》の関

蟬丸《せみまる》

未詳—九〇一?
まだありありとは見えないけれど、「風」の気配でいち早く秋の到来を知る、その発見がこの有名な歌のかなめです。立秋の七月一日に詠まれていますが、季節はまだ夏の暑気を残しているのです。ただ、風だけはもう微妙に秋。後世の美学に大きな影響を与えた歌です。

平安前期の人
尻取り遊びのように言葉を次から次に畳みかける詠み方は、まるで水車がくるりくるりと回るような快いリズムを生みます。この繰返しのリズムが、「逢坂の関」を行き交う人々の哀歓をもおのずとよびおこしているのです。

天《あま》つ風《かぜ》雲の通《かよ》ひ路《じ》吹《ふ》き閉《と》ぢよ
をとめの姿《すがた》しばしとどめむ

僧正遍昭《そうじょうへんじょう》

東風《こち》吹《ふ》かばにほひおこせよ梅《うめ》の花
あるじなしとて春を忘《わす》るな

菅原道真《すがわらのみちざね》

八一六―八九〇
五節(ごせち)の舞姫の美しさをたたえた歌。陰暦十一月、宮中では五穀豊穣を祝い豊明節会(とよのあかりのせちえ)が行なわれ、未婚の少女たちの舞が奉納されます。「天つ風」は、空吹く風を擬人化して呼びかけたもの。空を渡る風よ、雲を吹き寄せて天つ乙女の通い路をしばし吹き閉ざしてくれ、もう少しの間、乙女らをこの地にとどめておきたいのだ。

八四五―九〇三
藤原時平に謀られて道真が失脚し、九州大宰府に流された話はあまりに有名ですが、その道真が梅を愛したこともよく知られています。「おこす」は「遣す」で、送ってよこす。わが家の梅よ、春の東風が吹いたら、お前の芳香と都のたよりを、私が幽閉されるあの大宰府にまで送り届けておくれ。

久方《ひさかた》の光のどけき春の日に
しづ心なく花の散るらむ

紀《きの》 友《とも》則《のり》

やみがくれ岩間《いわま》を分《わけ》て行水《ゆくみず》の
声さへ花の香《か》にぞしみける

凡河内躬《おおしこうちのみ》恒《つね》

平安時代前期の人

春の花といえば桜。『古今集』以後は、単に「花」といっただけで桜をさすようになったほどです。咲いたと思うとたちまち散ってゆく桜を惜しんで、なぜそんなにあわただしく(「しづ心なく」)散るのかと嘆いています。桜をたたえた歌の中でも古来特に愛誦された一首。

九世紀—一〇世紀の人

醍醐天皇の時代、当時の代表的な歌人八人が三月三日紀貫之の家に集まり曲水の宴を催し競詠しました。その折の題の一つ、「花春水に浮かぶ」によって作られたのがこの歌。咲きにおう花をたたえるのに、岩間をゆく水音さえ花の香に染まっていると詠んだ感覚の斬新さにはおどろきさえ感じます。

人はいさ心も知らずふるさとは
花ぞ昔《むかし》の香《か》ににほひける

紀《きの》 貫《つら》之《ゆき》

さくら花《ばな》ちりぬる風のなごりには
水なきそらに波ぞ立ちける

紀《きの》 貫《つら》之《ゆき》

九世紀―一〇世紀の人

「人はいさ」と歌い出す口調のよさもあって、貫之の歌の中でも特に有名。歌には詞書があって、久しぶりに立ち寄った家の主人に無音をなじられたのに対し、この歌で応じたとあります。「さあ、あなたのお気持ちは別として、花は昔に変わらずこんなに香って私を喜び迎えてくれてますね。」一種物語的な味の歌です。家のあるじはあるいは貫之がかつて親しく通ったことのある恋人でしょうか。それなら、昔なじみのちょっと手のこんだやりとりと解すべきでしょう。

「なごり」は本来「余波」の意で、波がすぎた後になお残る余波のこと。桜の白い花びらが風に吹かれて散る空のさまを、波うちぎわの波に見たてたのです。みごとな映像美。

影《かげ》見れば波の底なるひさかたの
空漕《こ》ぎわたるわれぞわびしき

紀《きの》 貫之《つらゆき》

かすが野の雪まをわけておひ出《い》でくる
草のはつかに見えしきみはも

壬《み》生《ぶの》忠《ただ》岑《みね》

土佐国守の任をおえて帰京する貫之の一行は、承平五年(九三五)春寒のころ、室戸岬北西の室津の港に停泊しました。一月十七日(現在の三月初め)未明、澄みわたる月明りを浴びて船出した時の歌です。波の底にまで映る月光。その月光と共に大空が波の底に横たわる。その空の上を漕ぎ渡ってゆくのは、なんという心細くも孤独な旅だろうか。

九世紀—一〇世紀前半の人「はつかに」は、わずかに。初句から「草の」までは、「草のは」の「は」の縁で「はつかに」を引き出すための序詞。意味からすれば、一目見ただけであなたにこんなに恋してしまいました、というだけのことですが、雪を分けて萌え出る若草と、ういういしい相手の姿が重ね合わせになっているのです。

恋《こい》すてふわが名はまだき立ちにけり
人知れずこそ思ひそめしか

壬生忠見《みぶのただみ》

一〇世紀中頃の人

「恋すてふ」は、恋をしているという。「わが名」は自分の評判、うわさ。「まだき」は、早くも、もう。まだその時期ではないのにという意味を表わす副詞です。「思ひそめしか」、思いはじめたばかりなのに。恋のうわさが立つという事態は、古代から恋歌の最も親しまれた題材の一つでした。

神無月《かみなづき》降りみ降らずみ定めなき
時雨《しぐれ》ぞ冬のはじめなりける

後撰集《ごせんしゅう》よみ人しらず

時雨は秋から冬にかけて降る通り雨ですが、『万葉集』では秋の季のものとされていました。それが『古今集』以後、冬の最初の歌が「しぐれ」の歌という配列になります。この歌は平安朝以降のその通念にいわばお墨つきを与えたような歌です。

逢《あ》ひ見ての後《のち》の心にくらぶれば
昔《むかし》は物を思はざりけり

権中納言敦忠《ごんちゅうなごんあつただ》

由良《ゆら》のとを渡《わた》る舟人《ふなびと》かぢを絶え
行方《ゆくえ》も知らぬ恋《こい》の道かな

曾《そ》禰《ねの》好《よし》忠《ただ》

九〇六—九四三

「逢ひ見ての後の心にくらぶれば」、首尾よく逢って契りを結んだのちの、この苦しい切ない心にくらべれば。「昔は」、契りを結ぶ以前は。歌の心は、逢わない前の片恋の苦しさなど、今のこの切なさにくらべれば物の数にも入らないというので、恋の苦しみを歌うにもなかなか手がこんで心理的陰影があります。

一〇世紀—一一世紀の人

波の荒い由良の門(「門」は水流の出入りする水門(みなと)。海峡)を櫓をなくして漂う舟人。その行方も知らぬさまよいにも似た私の恋のさだめよ。曾禰好忠は、自尊心が強く、直情的な性格だったため奇行が多く、当時の歌壇からは排斥されましたが、死後その作品は見直され、当時における抜群の新鮮な作風として高く評価されるようになった人です。

忘《わす》れじの行末《ゆくすえ》まではかたければ
今日を限りの命ともがな

儀《ぎ》同三司母《どうさんしのはは》

あらざらむこの世のほかの思ひ出に
いまひとたびの逢《あ》ふこともがな

和泉式部《いずみしきぶ》

未詳—九九六
詞書によると、恋がはじまったばかりのいわば幸福の絶頂ともいうべき時期の歌です。にもかかわらず、明日を思わずせめて今日のこの命の歓びだけは握りしめたいと歌う女心。表向きは華やかでしたが、一夫多妻の平安朝の女たちが心に秘めていた深い不安がうかがわれます。

一〇世紀後半—一一世紀後半の人
私が死んであの世にいってしまってからの思い出のために、せめてもう一度お逢いしたいのです、と。恋歌としては発想がまことに大胆。和泉式部という歌人は、歌を贈られた男がきっとギョッとしたに違いないような歌をたくさん作りました。まさに天性の歌人。

もの思へば沢《さわ》の蛍《ほたる》もわが身より
あくがれ出《い》づる魂《たま》かとぞ見る

和泉式部《いずみしきぶ》

つれづれと空ぞ見らるる思ふ人
天降《あまくだ》り来《こ》ん物ならなくに

和泉式部《いずみしきぶ》

目の前をふっと飛ぶ蛍に、肉体を抜け出てさまようおのが魂の化身を見ています。蛍が頼りなげに明滅して御手洗(みたらし)川の水辺を飛ぶ。あれは私の魂ではないか! 男に見捨てられて貴船神社に参籠した時の歌とあります。

和泉式部の歌には、他の多くの平安朝宮廷歌人たちの恋の歌とは本質的に違うものが感じられます。どんな恋をしてみてもついに埋めることの出来ない孤独な渇きが彼女の心にはひそんでいたような気がします。その渇きが奔放な想像力に結晶し、散文には盛れない情感を歌にあふれさせています。

有馬山《ありまやま》猪名《いな》の笹原《ささはら》風吹《ふ》けば
いでそよ人を忘《わす》れやはする

大弐三位《だいにのさんみ》

都をば霞《かすみ》とともに立ちしかど
秋風ぞ吹《ふ》く白河《しらかわ》の関

能因法師《のういんほうし》

一〇〇〇?―未詳
通ってくるのが間遠になっている男が、自分のことはたなにあげて、あなたのお気持ちがよくつかめなくて、などといってきたのに対し、上品な皮肉をこめて、私の方はあなたを愛していますのに、と返した歌です。調べの美しさ、擬音を織りこんで転調させてゆく技法の生動感。

九八八―未詳
春霞のころに都を出立したというのに、奥州の入口白河の関までくると、はや秋の風が吹いている、と詠んで奥州に至る道のりの遠さそのものに詩を感じている歌です。実は作者能因はずっと都に隠れ住み、顔を日焼けさせてこれを発表したという説も出て、この歌は一層有名になりました。

あやめかる安積《あさか》の沼《ぬま》に風ふけば
をちの旅人袖薫《そでかお》るなり

源《みなもとの》 俊頼《としより》

珍《めず》らしき春にいつしか打ち解けて
まづ物いふは雪の下水《したみず》

源《みなもとの》 頼政《よりまさ》

一〇五五―一一二九
「安積」は現在の福島県郡山市の安積山。そのふもとに昔あった沼は菖蒲の名所として有名な歌枕でした。「をち」は遠方。菖蒲の香があまりに高いので、遠い旅人の袖まで薫るというのです。この歌は菖蒲の名所にちなむ机上の題詠ですが、いかにも初夏の薫風を感じさせます。

一一〇四―一一八〇
一年ぶりの珍客春の訪れに、おのずと「打ち解け」て(氷の解ける意と、うちとける、つまり寛ぐの意を重ねる)、まず話しかけてくる雪どけ水よ。氷の下を流れるせせらぎの音が聞こえてくるようです。源頼政(源三位頼政)は、宮中で怪鳥鵺(ぬえ)を射落した武勇談で有名な武人ですが、歌人としても抜群。

かつ氷りかつはくだくる山河《やまがわ》の
岩間《いわま》にむせぶあかつきの声

藤原俊成《ふじわらのしゅんぜい》

またや見ん交野《かたの》の御野《みの》の桜狩《さくらが》り
花の雪散る春の曙《あけぼの》

藤原俊成《ふじわらのしゅんぜい》

一一一四―一二〇四

山中を流れる川水は、一方では(「かつ」)凍り、一方では砕けつつ岩間を走る。むせぶようなその鋭い水音は、厳寒の暁の静かさの中で、あたかも暁そのものがむせんでいるようだ、と。「むせぶ」という一語が、暁どきの水声の激しい音を呼びこんで、一層静かさを強調する役割を果たしています。

「交野」は現在の枚方(ひらかた)市一帯の野。当時は皇室領で、桜の名所。観桜の晴れやかな行事を、「またや見ん」(再び見る日があろうか)と単刀直入に問う形でたたえ、花が雪と散る春の曙、その艶(えん)の極みを浮かびあがらせています。幾万の花びらに包みこまれるような陶酔感さえ覚えさせられる歌ですが、この時作者の年齢は八十二歳。

春風《はるかぜ》の花を散らすと見る夢《ゆめ》は
さめても胸《むね》のさわぐなりけり

西《さい》　行《ぎょう》

古畑《ふるはた》の岨《そば》の立木《たつき》にゐる鳩《はと》の
友呼ぶこゑのすごき夕暮《ゆうぐれ》

西《さい》　行《ぎょう》

一一一八―一一九〇
西行は桜の歌人として特に有名ですが、この歌は「夢中落花」という題を出されて作ったいわゆる題詠です。しかし落花の様のぞっとするほどの美しさを、読むものの胸までざわめかせるほどに表現しているこのような歌は、まことに少ないのです。落花を惜しむがごとく、しかしその美しさに全く心を奪われているのです。

「岨」は山の切りたった斜面。「すごき」は元来、氷や雪などの冷たさが身にこたえることの形容でしたが、そこから人の態度の冷たさや、恐ろしい感じを言うようになりました。荒れ放題にうち捨てられている崖淵の畑に立つ木の上で啼く鳩の声を、「すごき」の一語で言いとめ、荒涼たる全体の情景を鮮やかに定着させています。

年たけてまた越《こ》ゆべしと思ひきや
命なりけり小夜《さよ》の中山《なかやま》

西《さい》行《ぎょう》

ねがはくは花のもとにて春死なむ
その如月《きさらぎ》の望月《もちづき》のころ

西《さい》行《ぎょう》

平家が滅んだ翌年(文治二年)六十九歳の西行は奥州に向かい、途中遠江(とおとうみ、静岡県)の小夜の中山でこの歌を詠みました。思えば四十年ほど以前、出家後間もない壮年のころ、さまざまな思いをいだいてこの道を通ったことがある。こんなに年老いて再び同じ山路を越えようとは。命への愛惜が理屈をこえて伝わってくる歌です。

西行の歌の中で特に有名なものです。「如月の望月のころ」は二月十五日(満月)をいい、太陽暦では三月下旬に当たります。この日はまた釈尊の入滅の日でもあり、出家の身としてはその日に死ぬことが出来れば最高だったわけです。驚いたことに、西行は願った通り、建久元年二月十六日に没しました。

さゞなみや志賀《しが》の都はあれにしを
むかしながらの山ざくらかな

薩摩守《さつまのかみ》平《たいらの》忠度《ただのり》

暮《く》れて行く春のみなとは知らねども
霞《かすみ》に落つる宇治《うじ》のしば舟《ぶね》

寂蓮《じゃくれん》法師《ほうし》

一一四四—一一八四
『平家物語』「忠度都落」の段に、都を落ちた忠度がいったん都に引き返して藤原俊成に自分の歌稿を託して去る話があります。後に俊成は『千載集』を編むとき、朝敵となった忠度のこの歌を、反対を押し切って「よみびとしらず」として入集させました。桜は昔ながらに咲き誇り、人の作ったものは滅びを急ぐ……。

一一三九？—一二〇二
逝く春がどこのみなとに行きついて停泊するのか知らない。でも柴を積んだ宇治川の小舟は急流を霞の中へ落ちてゆく。紀貫之の「年ごとにもみぢば流す竜田川みなとや秋のとまりなるらむ」を踏んで、竜田川の紅葉に対して宇治川の柴舟に晩春の景色を凝縮させています。「霞に落つる」は急流をとらえてみごとな表現。

山ふかみ春とも知らぬ松の戸に
たえだえかかる雪の玉水《たまみず》

式子《しきし》内親王《ないしんのう》

はかなくて過ぎにしかたを数ふれば
花に物思ふ春ぞ経《へ》にける

式子《しきし》内親王《ないしんのう》

未詳—一二〇一
松の緑にきらきらと光る雪どけのしずく。『新古今集』独特の絵画美の世界がここにはあります。立春のころの山深い苦屋の戸に、とぎれとぎれに日にとけた雪のしずくが落ちかかる。山家のものさびしさは、光るしずくによって華やかに変貌し、春の景色はまた一段と複雑な味わいを示します。

夢のように過ぎた年月を数えてみると、桜を前に思いにふけった幾つもの春のことばかり思い出される、と。表面は嘆きの歌ですが、花あっての思い出という点では、花をたたえてもいるのです。思い出の中には秘めた恋の思い出もあったかもしれません。情熱を底ごもらせて内攻する独特な魅力が式子内親王の歌にはあります。

玉の緒《お》よ絶えなば絶えねながらへば
忍《しの》ぶることの弱りもぞする

式子《しきし》内親王《ないしんのう》

春の夜《よ》の夢《ゆめ》の浮橋《うきはし》とだえして
嶺《みね》にわかるる横雲《よこぐも》の空

藤原定家《ふじわらのていか》

激しい恋の歌です。たとえ命絶えようとも、この恋を相手に知られてはならない、と。忍ぶ恋の苦しみの歌は沢山ありますが、中で最も有名なものがこの歌でしょう。十代の青春時代を賀茂の斎院として神に仕え、戦乱の中で次々に肉親を失いもした内親王の一生を考える時、この歌は彼女の薄幸で哀切な生涯を象徴しているようにもみえます。

一一六二―一二四一
春夜の夢のはかなさを浮橋といっていますが、ヒントは『源氏物語』の終巻「夢の浮橋」から来ています。春夜の夢がふととぎれ、その時、山の峰では横雲がつと峰に別れて漂い出そうとしている。意味としてはそれだけですが、夢の浮橋、峰に別れる横雲などのイメージは、いかにも物語世界の男女を連想させます。

夕立の雲間《くもま》の日影《ひかげ》晴れそめて
山のこなたをわたる白鷺《しらさぎ》

藤原定家《ふじわらのていか》

見わたせば花も紅葉《もみじ》もなかりけり
浦《うら》の苫屋《とまや》の秋の夕暮《ゆうぐれ》

藤原定家《ふじわらのていか》

難解といわれている藤原定家の歌の中では珍しいほど、叙景がそのままで鮮やかな印象の歌になっています。

海辺の秋の夕暮。そこには四季を代表する春の花(桜)もなければ秋の紅葉もなく、ただ粗末な小屋があるばかり。しかし定家の心はその風景の中に花よりも紅葉よりもさらに艶なる寂寥の美を見ているのです。『新古今集』の三夕の歌の第三として有名でもあります。

夏深み入江《いりえ》のはちすさきにけり
浪《なみ》にうたひてすぐる舟人《ふなびと》

藤原良経《ふじわらのよしつね》

うちしめりあやめぞかをるほととぎす
鳴くや五月《さつき》の雨の夕暮《ゆうぐれ》

藤原良経《ふじわらのよしつね》

一一六九―一二〇六

年若くして太政大臣になったこの博学多才な貴公子は、後鳥羽天皇の信任も厚く、当時の歌壇の中心的人物でしたが、三十八歳で急逝しました。繊細な描写と澄んだのびやかな調べは、生得の気品によるものでしょう。藤原俊成・定家父子を中心とする新風の和歌の最大の擁護者として、『新古今集』の歌風を完成させた功績はこの人にありました。

初夏の雨の夕ぐれ、地上にはしめったあやめが薫っている。折しも空にはほととぎすが鳴いて渡る。『古今集』のよみ人しらずの名歌、「ほととぎす鳴くや五月のあやめ草あやめもしらぬ恋もするかな」の恋の歌を本歌とし、内容を「恋」から「夏」の歌へ無理なく転じて、見事な手腕を示しています。

風かよふ寝覚《ねざめ》の袖《そで》の花の香《か》に
かをる枕《まくら》の春の夜の夢《ゆめ》

藤原俊成女《ふじわらのしゅんぜいのむすめ》

ながむれば心もつきて星あひの
空にみちぬる我《わが》おもひかな

建礼門院右京大夫《けんれいもんいんうきょうのだいぶ》

未詳—一二五二頃
春の夜明け方、ふとめざめると、風がほのかに枕もとに通っている。風は花の香とともに、散る花さえ袖の上に運んで……。私は花の香に包まれて、はたしてめざめているのか、それともまだ春夜の夢の中にただよっているのか。虚構と現実のあわいの官能的世界。

一一五七頃—未詳
「星あひ」は七夕の夜の織女と彦星の逢瀬。私の心は空虚になり果て、七夕の夜の星たちのただ一度の逢瀬さえ、我が恋のはかなさにひきくらべてはうらやましい。作者は、平家没落で西海の海に散った平資盛の愛人、歌と往時の華やかではかない日々の回想記とが組み合わせになった『建礼門院右京大夫集』は、いわば『平家物語』の男たちの世界と一対をなす女の悲歌の世界を示しています。

あかあかやあかあかあかやあかあかや
あかあかあかやあかあかや月

明恵《みょうえ》上人《しょうにん》

一一七三―一二三二

「あか」は「明か」で、語源は赤と同じです。月と完全一体の心を赤裸に表わそうと極めた結果の表現方法の一つの例でありましょう。

桜咲《さくらさ》く遠山鳥《とおやまどり》のしだり尾《お》の
ながながし日もあかぬ色かな

後鳥羽《ごとば》上皇《じょうこう》

一一八〇―一二三九

後鳥羽院の主催で藤原俊成の九十歳の賀宴が宮中で開かれた折、山と桜の屏風絵を見ての院の作。柿本人麻呂作とされていた有名なしだり尾の歌を踏むことによって、俊成を歌聖人麻呂と並べてたたえた、晴れやかな賀歌です。「遠山鳥」は「遠山」と「山鳥」の掛詞です。長い春の日に咲き匂う桜の飽かぬ眺めを、巨匠俊成の面影としてたたえたのです。

ほのほのみ虚空《こくう》にみてる阿鼻地獄《あびじごく》
行方《ゆくえ》もなしといふもはかなし

源《みなもとのさねとも》 実朝

はねばはね踊《おど》らばをどれ春駒《はるごま》の
法《のり》の道をばしる人ぞしる

一遍上人《いっぺんしょうにん》

一一九二―一二一九
「阿鼻地獄」は無間地獄とも言い、罪人の落ちるところとされています。燃えさかる炎以外に何もない地獄で焼かれつづけ、どこにも逃げようもない罪ある生きものの哀しみ。しかし歌の調べは詠嘆よりむしろ思索的です。

一二三九―一二八九
弥陀の御法(みのり)に感じたなら、牧の春駒のようにはね踊ればよいのだ。はね踊る歓喜の往生の喜びは知る人ぞ知る、と。これは一遍が創始した念仏踊りをにがにがしい目で見ていたであろうある人物が、あんな踊りで仏道修行をすすめるなど、下らないことだ、となじったのに対して贈った歌です。なるほど、もったいぶった道歌の臭みをはねとばす力強さがあります。

枝《えだ》にもるあさひのかげのすくなきに
すずしさふかき竹の奥《おく》かな

京極《きょうごく》為兼《ためかね》

宵《よい》のまの村雲《むらくも》づたひ影《かげ》見えて
山の端《は》めぐる秋のいなづま

伏《ふし》見《み》院《いん》

一二五四―一三三二
「かげ」は光。奥深い竹林の幽幻な静かさを見事にとらえています。玉葉・風雅時代(『玉葉集』『風雅集』に代表される中世後期和歌の時代)を主導した為兼の、こまやかで清新な自然描写がよく現われている歌です。

一二六五―一三一七
『玉葉集』は恋歌の数をおさえ、叙景歌を多くして和歌の伝統に新しさを加えました。観察の細かい、動的な自然界の描写が特徴的です。この歌も、雲を伝って低く移動してゆく秋の稲妻を追い、一種映画的効果をもたらして、当時の新風の魅力をよく示しています。

山もとの鳥の声より明けそめて
花もむらむら色ぞみえ行く

永《えい》福《ふく》門《もん》院《いん》

ほととぎす空に声して卯《う》の花の
垣根《かきね》もしろく月ぞ出《い》でぬる

永《えい》福《ふく》門《もん》院《いん》

一二七一―一三四二

明け方の桜の花が徐々にはっきりしてくる様子を歌っていますが、その描写に動きが取り込まれている点に注意する必要があります。「むらむら」は、まだらに。山のふもとの鳥の声で夜が明けはじめ、まだ淡い朝の光を受けながら桜があちこちまだらに浮かびあがってくる。繊細な運動感が新鮮です。

王朝和歌で「ほととぎす」を詠む場合は、明け方のほととぎすをいうのが一般的ですが、これは夕暮れ、月の出のほととぎすを詠んでいます。この歌から自然に思い出されるのは佐佐木信綱作詞の小学唱歌「うの花のにほふ垣根に　ほととぎす早も来なきて　忍び音(ね)もらす　夏は来ぬ」(明二九)です。伝統が思いがけない所で現代に生かされている好例でしょう。

わが心澄《す》めるばかりに更《ふ》けはてて
月を忘《わす》れて向《むか》ふ夜《よ》の月

花《はな》園《ぞの》院《いん》

つくづくと独《ひと》りきく夜の雨の音《ね》は
降りをやむさへ寂《さび》しかりけり

儀子《ぎし》内親王《ないしんのう》

一二九七―一三四八
すみずみまで澄みきったと思えるばかりに心も夜もしんしんと更けはて、ふと気づいてみると、月を見ていることさえ忘れて私は月に向かっていた、と。無我の世界のおごそかな静けさに満ちて、一種宗教的ですらあります。

鎌倉末期の人
ひとりで聴く夜の雨の音は淋しいものです。しかしもっと淋しいのは、雨がやむことだ、というのです。心に秘めた孤独感、また悲しみが、そう思わせるのです。しみじみと人を内省的にさせるような歌。

ともし火に我《われ》もむかはず燈《ともしび》も
われにむかはず己《おの》がまにまに

光《こう》厳《ごん》院《いん》

眼《め》をとぢて思へばいとどむかひみる
月ぞさやけき大和《やまと》もろこし

正《しょう》徹《てつ》

一三一三―一三六四
夜ふけに灯火とひとり向かい合っている。自分も灯火も、静まりかえっている。その深沈たる心境には、近代の秀歌にも通じる内面に向けられた目が感じられます。

一三八一―一四五九
「いとど」(ひとしお、ますます)は文法的には「さやけき」にかかりますが、置かれた位置が人の意表をついて新鮮です。眼をとじて心中に見る光景は、大和(日本)をも、もろこし(唐土)をもあまねく照らす澄みきった月。正徹は京都東福寺に住した僧で、同時に藤原定家を崇拝した室町期の代表的な歌人でした。

大魚《おおな》釣《つ》る相模《さがみ》の海の夕なぎに
乱れて出《い》づる海士小舟《あまおぶね》かも

賀茂真淵《かものまぶち》

真帆《まほ》ひきてよせくる船に月照れり
楽しくぞあらむその船人《ふなびと》は

田安宗武《たやすむねたけ》

一六九七—一七六九
「大魚」はマグロ、カツオの類でしょう。夕なぎの相模の海に小舟が入り乱れて漁に出ている情景です。「大魚釣る」という勇壮な初句に「乱れて出づる」の賑やかな勢いが呼応して、漁船のもつ生活感と、それを見て浮き浮きしている作者の様子が見えるようです。

一七一五—一七七一
「ひきて」は張って。正面に向けて帆を張り、近づいてくる船に月が照っている。船上の人々はさぞ楽しいであろう、と。夏の隅田川べり、佃島の実景を詠んだ歌です。いかにも大らかな歌いぶりで、実感がよく出ています。作者宗武は八代将軍吉宗の子で、田安家の祖となった人。古典学を早くから修め、歌人としても歌学者としても江戸時代を代表する殿様文学者でした。

ゆめの世をゆめでくらしてゆだんして
ろせんをみればたつた六文《ろくもん》

木喰上人《もくじきしょうにん》

一七一八―一八一〇
いわゆる道歌の部類に入る歌ですが、その迫力は並の僧侶のお説教の比ではありません。「六文」とは、死んだとき棺の中に入れられる、俗に三途の川の渡し賃といった六文の路銭のことです。

やまかげの岩間《いわま》をつたふ苔水《こけみず》の
かすかにわれはすみわたるかも

良寛《りょうかん》

一七五八―一八三一
「苔水の」は苔水のように。この三句までは次の詩句を引き出すための序の役割を果たします。岩間をつたうあのかすかな苔水のように、ひそかに、私は日々を住みつづけている。「すみ」は「住み」と同時に「澄み」。心も澄みきって、簡素にこの世に住む喜び。歌の繊細な調べが、清らかな幽玄性を感じさせます。

さすたけの君がすすむるうま酒に
われ酔《え》ひにけりそのうま酒に

良《りょう》　寛《かん》

旅にして誰《たれ》にかたらむ遠《とお》つあふみ
いなさ細江《ほそえ》の春の明《あけ》ぼの

香《か》川《がわ》景《かげ》樹《き》

壮年期を越後の国上山(くがみやま)にある五合庵に過した良寛が、近くに住む詞友阿部定珍宅でご馳走になり、「限りなくすすむる春の杯は薬の中の薬とぞきく」(定珍)と美酒をすすめられた時に返した歌。「さすたけの」は君の枕詞。「うま酒」は美酒。一息に詠んで快くはずむ心が伝わってくる、酒の名吟の一つでしょう。

一七六八—一八四三
「遠つあふみ」は遠つ淡海で遠江国、現在の静岡県西部、浜名湖一帯の旧国名。「いなさ細江」は引佐細江で浜名湖の入江。旅に見る入江の春暁は感ひとしおだが、いかにせん独り旅、誰に語ろうにも語るすべがない。「遠つ淡海」「引佐細江」という地名の響きを生かしながら、調べもたゆたうような豊かな味わいを生んでいます。

ねこの子のくびのすゞがねかすかにも
おとのみしたる夏草のうち

大《おお》隈《くま》言《こと》道《みち》

とくとくと垂《た》りくる酒のなりひさご
うれしき音をさする物かな

橘《たちばなの》曙《あけ》覧《み》

一七九八―一八六八
「すゞがね」は「鈴が音」ととるのが普通ですが、この場合は下に「おと」とありますから、猫の首につけた鈴金でしょう。夏草の茂みの中に入ってしまった子猫の姿は見えず、ただ鈴の音がかすかに響くだけです。

一八一二―一八六八
「酒人」(酒好き)と題する歌です。「なりひさご」は「生瓢」で、普通は酒器のひょうたんをさしますが、この歌では音を詠むのが主眼になっていますから「鳴り瓢」の意味にもかけています。とくとくと鳴る音もまた酒であると。酒器から伝わる音の響きをもう一つの肴に、独酌を静かに楽しんでいるのです。

近代短歌

をとめらが泳ぎしあとの遠浅《とおあさ》に
浮環《うきわ》のごとき月浮《うか》び出《い》でぬ

落合直文《おちあいなおぶみ》

池水《いけみず》は濁《にご》りににごり藤《ふじ》なみの
影《かげ》もうつらず雨ふりしきる

伊藤左千夫《いとうさちお》

一八六一―一九〇三
夕暮れの海辺にはまだかすかに乙女たちの泳いだ昼の賑わいが残っていそうです。青春の感傷性において、明治三十年代初期の歌としては出色の清新さがあります。

一八六四―一九一三
たたきつけるように降りしきる雨と濁った池水を背景にした藤の花。左千夫の師正岡子規もよく病床で藤を詠みましたが、この歌は病床から見る畳の上の藤の花とも、また見慣れたさわやかな日射しの中の藤とも一味違う雰囲気を生み出して、新しい藤の見方を示しているような気がします。

久方《ひさかた》のアメリカ人《びと》のはじめにし
ベースボールは見れど飽《あ》かぬかも

正《まさ》岡《おか》子《し》規《き》

佐《さ》保《ほ》神《がみ》の別れかなしも来ん春に
ふたゝび逢《あ》はんわれならなくに

正《まさ》岡《おか》子《し》規《き》

一八六七—一九〇二
子規は大学予備門(旧制一高の前身)時代野球選手で活躍、草創期の日本野球史に深く関わった一人です。ベースボールを野球と名づけたのは彼だという説もあるほど。「久方」は「天(あめ)」の枕詞で、「天」の同音から「アメリカ」にかけています。根っからの野球好きの人の作った自由な気分が爽快です。

「佐保神」は佐保姫、春の女神。「佐保神の別れ」は春との別れ。「われならなくに」自分ではないことを、の意。春との別れが身にしみて悲しい。自分は生きて再び来年の春にめぐり逢える身ではないのだから。病状の悪化激しく、来年の春の女神には再会出来まいという哀愁を歌った、子規晩年の絶唱の一つです。

ぽつかりと月のぼる時《とき》森の家《いえ》の
寂《さび》しき顔《かお》は戸《と》を閉ざしける

佐佐木《ささき》信綱《のぶつな》

ゆく秋の大和《やまと》の国の薬師寺《やくしじ》の
塔《とう》の上なる一ひらの雲

佐佐木《ささき》信綱《のぶつな》

一八七二―一九六三
現代の超現実派の絵にもありそうな光景。ぽっかりと森の上にのぼる月と、月あかりに照らされて静まりかえっている小さな家。まるで童話の主人公にでもなったようにはずんでいる作者の顔がのぞいているようです。大古典学者でもあった歌人の童心が快く伝わります。

薬師寺東塔は、その姿を「凍れる音楽」などと形容した人があるほど有名な、天平二年(七三〇)建立の古塔です。歌は、晩秋の大和という大きな景色から、次第に塔の上にかかっている一片の雲に焦点をしぼり、助詞「の」を連ねて季と景を結び、軽快な感傷と旅情を流露させています。

輝《かが》やかにわが行くかたも恋《こ》ふる子の
在《あ》るかたも指《さ》せ黄金《こがね》向日葵《ひぐるま》

与《よ》謝《さ》野《の》寛《ひろし》

大空の塵《ちり》とはいかが思ふべき
熱き涙《なみだ》のながるるものを

与《よ》謝《さ》野《の》寛《ひろし》

一八七三―一九三五

この歌の収録されている歌集『毒草』は妻晶子との合著で、日露開戦直後に刊行されました。「黄金向日葵」はヒマワリを美化していったもの。当時の二人の実生活は貧しいものでしたが、恋愛や芸術に対する理想の若々しさが晴朗な調べとなって高鳴っています。

人間は大空の塵のような微小な存在。しかしひとたび心激して熱い涙を流すときは、あの大空もわが胸のうちを流れるのだ、と。成功も失敗も得意も傷心も、歌となると常に壮大な気宇を感じさせる鉄幹らしい歌。涙さえ朗々とうたわれて輝きます。

みづうみの氷は解けてなほ寒し
三日月《みかづき》の影《かげ》波にうつろふ

島木《しまぎ》赤彦《あかひこ》

隣室《りんしつ》に書《ふみ》よむ子らの声きけば
心に沁《し》みて生きたかりけり

島木《しまぎ》赤彦《あかひこ》

一八七六―一九二六
赤彦は湖をこよなく愛し数々の秀歌をのこしましたが、この歌はその中でもすばらしいものです。張りつめていた氷は少しずつ解け始めたが、寒さはなおきびしい。空にかかった三日月が、糸のように繊細な姿を湖上の波に映したゆたっている。かそけくも優美な景色であると同時に、作者の心象風景そのものでしょう。

大正十五年三月末、五十一歳で没する直前の作のうちの一首です。隣室でまだ十代の男女の子らが本を読み合っている。自分は胃癌のため、命は旦夕に迫っている。子らの無邪気な声を隣りの部屋に臥せって聞きながら、ああ生きたい、と心の底から湧きあがる思い。万感をこめたわが命への愛惜。

しろじろと花を盛《も》りあげて庭ざくら
おのが光りに暗く曇《くも》りをり

太《おお》田《た》水《みず》穂《ほ》

湧《わ》きいづる泉《いずみ》の水の盛《も》りあがり
くづるとすれやなほ盛りあがる

窪《くぼ》田《た》空《うつ》穂《ぼ》

一八七六―一九五五
咲き誇る盛りの桜。自分の光り輝く美しさによって暗く曇っている。満開の花影に自分の心を暗示的に示し、直接には言い表わしがたい情緒を表現しています。

一八七七―一九六七
少年の日の夏の思い出。この泉は、作者が高等小学校時代、当時まだ松本市郊外だった和田村から、長い道のりを歩いて、洋風建築で名高い松本の開智学校に通学した時、道の中途の森で湧いていました。

命一つ身にとどまりて天地《あめつち》の
ひろくさびしき中にし息《いき》す

窪《くぼ》田《た》空《うつ》穂《ぼ》

大宇宙の中で、ほんの一瞬の命を生きる、この自分という小さな存在の吐く息、吸う息。巨大な広がりの中で生を営む寂寥感。作者七十七歳当時の「老境」と題する歌です。

川の瀬《せ》に立つ一つ岩乗り越《こ》ゆと
水たのしげに乗り越えやまぬ

窪《くぼ》田《た》空《うつ》穂《ぼ》

九十歳に近い最晩年の作と知って読むと、軽やかに歌をつらぬいている川水そのものの楽しさが、実に印象深く感じられます。

春みじかし何に不滅《ふめつ》の命ぞと
ちからある乳《ち》を手にさぐらせぬ

与謝野晶子《よさのあきこ》

なにとなく君に待たるるここちして
出《い》でし花野の夕月夜《ゆうづくよ》かな

与謝野晶子《よさのあきこ》

一八七八―一九四二

『みだれ髪』(明三四)のあまりに有名な歌。青春の短さを愛惜する歌は古くから数多くありますが、それを具象化するのにこれほど大胆な表現を用いた歌はありませんでした。この大胆さは、昔から海に向けて開かれた堺という土地で育ち、物語文学を耽読していた若い娘の、孤独なるがゆえに奔放にはばたいた空想のたまものだったのでしょう。

「花野」というと春の野を思う人が多いと思いますが、俳句の季語としては秋の草花の咲き乱れる野辺をさします。この歌の場合、作者の自歌自釈でもふれてないので春か秋かは分かりません。優艶な趣の歌ですが、空想と自己愛の響きも感じられる歌です。

よしあしは後《うしろ》の岸の人にとへ
われは颶風《ぐふう》にのりて遊べり

与謝野晶子《よさのあきこ》

髪《かみ》ながき少女《おとめ》とうまれしろ百合《ゆり》に
額《ぬか》は伏《ふ》せつつ君をこそ思へ

山川登美子《やまかわとみこ》

『みだれ髪』で世間を驚倒させた晶子も、三十代半ばとなり、実生活では多くの子供を育て、仕事も歌に評論にと果敢に自分の道を切り開いてきました。歌にもその自信が溢れています。吹きすさぶ強烈な風である颶風に乗って遊ぶ自画像。

一八七九—一九〇九
長い髪の乙女と白百合の取合わせはいかにも清楚で淋しげです。この取合わせに見られる美意識は、西欧世紀末芸術の唯美主義の気分にも通じる一種デカダンな香りさえ漂わせているようです。

をみなにてまたも来む世ぞ生《うま》れまし
花もなつかし月もなつかし

山川《やまかわ》登《と》美《み》子《こ》

馬追虫《うまおい》の髭《ひげ》のそよろに来る秋は
まなこを閉《と》ぢて想ひ見るべし

長《なが》塚《つか》 節《たかし》

登美子は師与謝野鉄幹への愛を晶子に譲り、他に嫁したのですが、夫に死別。自身もやがて死病を得て三十歳で亡くなります。間近かに迫る死の予感の中で、決して幸福ではなかった後半生だったにもかかわらず、来世もまた女に生れたいものと歌い、「花もなつかし」と言い切っています。「なぜ?」と問うことさえはばかられるような、有無を言わせぬ切実な調べ。

一八七九―一九一五
「馬追虫の髭の」は「そよろに」を引き出すための序詞ですが、いかにも秋の気配を漂わせて見事です。スイッチョと鳴く、あの虫の長い触角が、そよと動く。そのかそけさそのままにやってくる「秋」は、眼を閉じてこそ一層よく見えるというのです。

楤《たら》の芽のほどろに春のたけ行けば
いまさらさらに都し思ほゆ

長《なが》塚《つか》節《たかし》

「四月の末には京に上らむと思ひ設けしことの叶はずなりたれば心悶へて」と詞書にありますが、多感な青年の愁いの歌です。前年熱中して読んだ『万葉集』の語調が存分に生かされています。師正岡子規も激賞した「ゆく春」一連九首中の一首。

ならさか の いし の ほとけ の おとがひ に
こさめ ながるる はる は き に けり

会《あい》津《づ》八《や》一《いち》

一八八一―一九五六
奈良市の北、般若寺を経て木津へ出る坂が奈良坂。その上り口に「夕日地蔵」と土地で呼ぶ石仏が立っていたのです。春の日、石仏の下あご(「おとがい」)に小雨がしとしと降る古都の情趣。

はつなつ　の　かぜ　と　なりぬ　と　みほとけ　は
をゆび　の　うれ　に　ほの　しらす　らし

会津八一《あいづやいち》

み仏は小指（「をゆび」）の先（「うれ」）で、吹く風もさわやかな初夏の風になったことをほのかにお悟りなさっておいでのようだ、というだけの意味ですが、口ずさむと、調べのみごとさに格別の味わいがあります。

死に近き母に添寝《そいね》のしんしんと
遠田《とおだ》のかはづ天《てん》に聞《きこ》ゆる

斎藤茂吉《さいとうもきち》

一八八二―一九五三
「しんしんと」の一語を中心に、死にゆく母に添寝する子の内面が、母の生きてきた長い長い時間を吸いこむような奥深さで表現されています。遠くの田んぼで鳴く蛙の声も、天から聞こえてくるように荘厳です。

あかあかと一本《いっぽん》の道とほりたり
たまきはる我《わ》が命なりけり

斎藤茂吉《さいとうもきち》

タマキワマル(「たまきはる」)は魂極・玉極などの字を当て、内・命・うつつ、その他にかかる枕詞ですが、正確な語義は未詳とされます。こうこうと明るい一本の道は、同時にまた、遥かなものへのあこがれにゆさぶられ続ける魂の通る道でもあるでしょう。

最上川逆白波《もがみがわさかしらなみ》のたつまでに
ふぶくゆふべとなりにけるかも

斎藤茂吉《さいとうもきち》

昭和二十一、二年ごろ山形県大石田町の知人宅に疎開していた茂吉は、重い病いにかかった上、戦中の言動が敗戦によって否定され、大きな打撃を受けていました。比較的穏やかな流れになる大石田附近の最上川にも「逆白波」が立つほどの吹雪の夕べ。茫然と自室にうずくまる作者の孤愁が深い詠嘆となって響いています。

わがこころ環《たまき》の如《ごと》くめぐりては
君をおもひし初《はじ》めに帰る

川《かわ》田《だ》　順《じゅん》

一八八二―一九六六
「環（たまき）」は手纏とも書き、古代の女性が手に巻いた装飾の腕輪をいいます。円環だから始まりも終わりもない、そのようにくり返しくり返し私の心は、あなたを恋いそめたそもそもの初めに帰る、というのです。

木に花咲《さ》き君わが妻とならむ日の
四月なかなか遠くもあるかな

前《まえ》田《だ》夕《ゆう》暮《ぐれ》

一八八三―一九五一
この初々しさに溢れた歌は、明治四十二年、夕暮二十六歳当時の作。

向日葵《ひまわり》は金の油を身にあびて
ゆらりと高し日のちひささよ

前田《まえだ》夕暮《ゆうぐれ》

「金の油を身にあびて」に、夏の日射しが充満しています。明治四十年代には自然主義短歌を唱えて、人生を一種幻滅の眼でとらえていた夕暮ですが、大正時代になると一転して、このように対象のもつ生命感を鮮やかに描くことに力を傾けるようになりました。

海にして太古《たいこ》の民のおどろきを
われふたたびす大空のもと

高村光太郎《たかむらこうたろう》

一八八三―一九五六

明治三十九年二月、彫刻修業のため渡米したとき、太平洋を渡る船中で作ったものです。そのころの「洋行」は男子一生の事業の感がありました。不安と希望の去来する青年の胸のうちから発せられたこの歌は、悠々たる調べをたたえて、後年の詩人の歌いぶりをすでに予告しています。

白鳥《しらとり》は哀《かな》しからずや空の青
海のあをにも染《そ》まずただよふ

若《わか》山《やま》牧《ぼく》水《すい》

幾山河越《いくやまかわこ》えさり行かば寂《さび》しさの
はてなむ国ぞ今日も旅ゆく

若《わか》山《やま》牧《ぼく》水《すい》

一八八五―一九二八
この「白鳥」はカモメのこと。広大な自然のふところにぽつんとたたずむ作者自身の哀傷、そして自恃の思いが、歌の背後から立ちのぼるようです。

名歌としてよく知られた歌ですが、これを作った明治四十年当時牧水は二十一歳の学生。故郷宮崎へ帰省の途中、中国地方に遊んだ時のものです。彼はその前年、やがて彼の青春を運命的に支配することになる恋愛の相手に偶然出会い、翌年再会したばかりでした。

かんがへて飲みはじめたる一合の
二合の酒の夏のゆふぐれ

若《わか》山《やま》牧《ぼく》水《すい》

君かへす朝の鋪石《しきいし》さくさくと
雪よ林檎《りんご》の香《か》のごとくふれ

北《きた》原《はら》白《はく》秋《しゅう》

牧水は恋と旅と酒の歌でこよなく愛誦されています。それにしても牧水の酒の歌が、二十代半ばすぎですでに老成していたことは驚きにあたいします。「白玉の歯にしみとほる秋の夜の酒はしづかに飲むべかりけり」など、ほとんど独酌好みの歌ばかりです。

一八八五―一九四二

歌集『桐の花』を出版した大正二年、白秋は詩作品における名声に加えて、短歌でもたちまち新風をまきおこしました。隣家の人妻との恋による未決監拘置事件は、さらに彼を有名にしました。『桐の花』哀傷篇にその事件は歌われていますが、上の歌は甘美な恋に酔いしれていた当時の作。この官能の清新な輝きは無類です。

かくまでも黒くかなしき色やある
わが思ふひとの春のまなざし

北《きた》原《はら》白《はく》秋《しゅう》

大きなる手があらはれて昼深し
上から卵《たまご》をつかみけるかも

北《きた》原《はら》白《はく》秋《しゅう》

大正初年代は、自由詩も短歌も、形式の差異をこえて青春の思いを歌いあげることができた時代でした。カナシキとは、「愛しき」であり、また同時に「哀しき」でした。

大正四年刊行の『雲母(きらら)集』巻頭にある「新生」の中の一首。同集には、人妻との恋愛事件で一時投獄の憂き目にもあった白秋が、晴れて彼女と結婚、三浦半島の三崎に住んだ時期の歌を収めています。彼女とは結局別れねばなりませんでしたが、白秋の作風はこの時期にいちじるしく変化しました。

ひぐらしの一つが啼《な》けば二つ啼き
山みな声となりて明けゆく

四《し》賀《が》光《みつ》子《こ》

春の夜のともしび消してねむるとき
ひとりの名をば母に告げたり

土《と》岐《き》善《ぜん》麿《まろ》

一八八五―一九七六
歌人太田水穂の夫人。水穂没後『潮音』主宰を引きつぎ、晩年まで自然観照のういういしさを失わず、落ち着いた声調の歌に風格を示しました。

一八八五―一九八〇
この歌は還暦をすぎたころ作った「世代回顧」の一首です。その昔、わが妻と心に決めたひとりのひとの名を、思いきって母に告げたときの思い出。電灯を消した闇の中でその名を告げたのです。

やはらかに柳《やなぎ》あをめる
北上《きたかみ》の岸辺《きしべ》目に見ゆ
泣《な》けとごとくに

石川《いしかわ》啄木《たくぼく》

一八八六―一九一二

かつて石もて追われるごとくに逃亡した故郷渋民村ですが、北海道、東京と放浪し、なお失意にさいなまれていた啄木には、故郷はしみじみと甦ってくる対象でした。

こころよく
我《われ》にはたらく仕事あれ
それを仕遂《しと》げて死なむと思ふ

石川《いしかわ》啄木《たくぼく》

もし短歌形式によって歌われていなかったら、この述懐は一瞬に消え去るありふれた日常の感想にすぎなかったでしょう。詩歌における形式の意味を考えさせます。啄木の歌が多くの人に愛誦されてきた理由もそこに暗示されています。

しらしらと氷かがやき
千鳥なく
釧路《くしろ》の海の冬の月かな

石川《いしかわ》啄木《たくぼく》

故郷岩手県渋民村を去って、北海道に渡った啄木は、函館、札幌、小樽、釧路などを転々としました。この歌は極寒の釧路に職を求めて到着したときのことを、のちに東京にあって思い起して作ったものです。啄木には珍しい叙景歌です。

にはとこの新芽《しんめ》を嗅《か》げば青くさし
実《じつ》にしみじみにはとこ臭《くさ》し

木下利玄《きのしたりげん》

一八八六―一九二五
一見無造作な表現に見えますが、実際はニワトコの新芽を朝から夕方まで観察した連作のうちの一首です。観察がそのまま自然の息吹きを伝え、感動へと一首をしぼりあげています。

春《うすづ》ける彼岸《ひがん》秋陽《あきび》に狐《きつね》ばな
赤々そまれりここはどこのみち

木《きの》下《した》利《り》玄《げん》

「わが故郷にては曼珠沙華を狐ばなと呼ぶ、われ幼き頃は曼珠沙華の名は知らざりき」という詞書のある歌です。「春く」は夕日が山に沈もうとする状態をいっています。利玄は口語や童謡歌詞を効果的に使って、独特の調べを作りました。この歌は最晩年の作。

うつし世のはかなしごとにほれぼれと
遊びしことも過ぎにけらしも

古《こ》泉《いずみ》千《ち》樫《かし》

一八八六―一九二七
「はかなしごと」は、はかない事ども。たぶん恋愛を言っています。「ほれ」はぼんやりと放心した状態を指し、そこから人に惚れるという用法も出てきました。大正十三年、喀血して病床にあった作者が過ぎ去った日々を思う述懐。

かにかくに祇園《ぎおん》はこひし寐《ぬ》るときも
枕《まくら》の下《した》を水のながるる

吉《よし》井《い》勇《いさむ》

紅燈《こうとう》のちまたに往《ゆ》きてかへらざる
人をまことのわれと思ふや

吉《よし》井《い》勇《いさむ》

一八八六―一九六〇
戯曲「偶像」で初めてまとまった原稿料を得た記念に京都に遊んだときの歌といわれています。眠るときに枕の下を水が流れているということであれば、この流れは鴨川ではないでしょう。たぶん当時祇園を流れていた白川の水だろうと研究者は推定しています。

「紅燈のちまた」とはすなわち夜の歓楽のちまたのことです。勇は世人が自分を単なる旧華族の蕩児と見なしていることに対して、「まことのわれ」はそのような所にはないと言い放っています。しかし彼の歌の魅力が、紅燈のちまたにあって昂然とデカダンスを謳歌する所にあったのは言うまでもありませんでした。

青うみにまかゞやく日や。とほ〴〵し
妣《はは》が国べゆ　舟《ふね》かへるらし

釈《しゃく》　迢空《ちょうくう》

人も　馬も　道ゆきつかれ死にゝけり。
旅寝《たびね》かさなるほどのかそけさ

釈《しゃく》　迢空《ちょうくう》

一八八七―一九五三
大正元年八月、教え子の中学生二人を連れて奥熊野を旅した時のものです。南海のはてに日本人の原郷を夢みる大らかな調べには、民俗学者折口信夫の深い息づかいがあります。

迢空折口信夫は、民俗資料採集のためしばしば山間離島を旅しました。山中や峠には行き倒れの人や馬をまつった供養塔があります。この歌は大正十二年作、「供養塔」五首の第一首です。鎮魂の調べ、それがこの「旅寝かさなるほどのかそけさ」を歌った作の最も重要な性質でしょう。

凍《し》みとほる夜半《よわ》の目ざめにきくものか
命を洗《あら》ふ川の瀬《せ》の音

若山喜志子《わかやまきしこ》

一八八八―一九六八
凍てつくような寒夜、ふと眼を覚ました時に聞こえてくる川の瀬音。それを「命を洗ふ」音と感じる心は、いずれにしても深い孤独を知っている心です。

生きながら針に貫《ぬ》かれし蝶《ちょう》のごと
悶《もだ》へつつなほ飛ばむとぞする

原阿佐緒《はらあさお》

一八八八―一九六九
作者は宮城県の富裕な家に生まれ、日本画家を志して上京、歌に熱中して与謝野晶子に認められ、新詩社に参加した人ですが、やがてアララギに転じ、恋愛問題を理由に破門されました。恵まれた才能が社会の風習の掟にはばまれ、波乱の生涯を送らねばならなかった人です。いわゆる恋多き女の内面の悲痛な叫びがこの一首にはこもっています。

篠懸樹《ぷらたぬす》かげ行く女《こ》らが眼蓋《まなぶた》に
血しほいろさし夏さりにけり

中村《なかむら》憲吉《けんきち》

年々《としどし》にわが悲しみは深くして
いよよ華《はな》やぐ命なりけり

岡本《おかもと》かの子《こ》

一八八九—一九三四
「夏さりにけり」のサリ(去り)は、古くは近づく意味にも使われた語で、この歌もその用法によっています。まぶたをほのかに紅潮させて、すずかけの街路樹の下をゆく乙女らの初夏。作者二十五歳の時の歌。

一八八九—一九三九
かの子の短篇小説代表作『老妓抄』の末尾に、主人公の老妓の歌として出てくるものです。小説は発明に情熱を燃やす青年にわが見果てぬ夢の実現を託し、結果的には衰えを知らぬ生命力で青年を圧倒する老妓の物語ですが、この歌はまさに彼女の、そして作者かの子自身の、限りない女性讃歌と言えましょう。

重々《おもおも》しく堅《かた》くしまるを歌とのみおもへるものは醜《しこ》の歌の男《お》

尾《お》山篤二郎《やまとくじろう》

一八八九―一九六三
重々しい言葉で身を固めた気取った歌を作っている歌人たちに対する痛烈な批評。

左様《さよう》ならが言葉の最後耳《と》に留めて心しづかに吾《われ》を見給《みたま》へ

松村英一《まつむらえいいち》

一八八九―一九八一
九十一歳で没した歌人の遺詠です。長寿を生き得て自然な死を迎える覚悟に達し得た人が知る静けさでしょう。

眼を閉《と》ぢて深きおもひにあるごとく
寂寞《じゃくまく》として独楽《こま》は澄《す》めるかも

植《うえ》松《まつ》寿《ひさ》樹《き》

少数《しょうすう》にて常に少数にてありしかば
ひとつ心を保《たも》ち来にけり

土《つち》屋《や》文《ぶん》明《めい》

一八九〇―一九六四
大正十年刊行の『庭燎(にわび)』所収の歌ですが、二十代の青年の歌とは思えないほど成熟した観察眼、瞑想的雰囲気の歌です。

一八九〇―一九九〇
敗戦直後の群馬の疎開地での述懐歌です。自分が「ひとつ心」を保ってこられたのは、数をたのんで世の中を押し渡る多数派の生き方とは無縁だったからだ、と。戦中・戦後の時代相を背景に詠まれた歌です。

篁《たかむら》の竹のなみたち奥《おく》ふかく
ほのかなる世はありにけるかも

中《なか》村《むら》三《さぶ》郎《ろう》

一八九一―一九二二
若山牧水主宰の歌誌『創作』初期の花形的存在でしたが、大正十一年三十二歳で世を去りました。この歌は二十八歳の時のものです。澄明な想念の視覚化ともいえそうな竹林観照。

『金次郎』"HARAKIRI"を説く教師らに
詛《のろ》はるるこそ嬉《うれ》しかりけれ

佐《さ》藤《とう》春《はる》夫《お》

一八九二―一九六四
「少年閑居不善抄」と反語的に題する初期短歌のうちの一首。春夫は中学三年で落第、五年で無期停学処分を受けましたが、これはその精神的背景をおのずと語るような一首です。二宮尊徳(金次郎)や切腹を讃美する普通のいわゆる善良な教師たちにとっては、手に負えない不良少年だったわけです。

わが息と共に呼吸《いき》する子と知らず
亡《な》きを悼《いた》みて人の言ふかも

五島美代子《ごとうみよこ》

一八九八―一九七八
掌中の珠と育ててきた長女が東大在学中急逝した時の歌の一首。娘は自分と一体になって今でも一緒に呼吸している。しかしそれを知っているのは私ひとり。人々はみな、お嬢さまをお喪いになってと哀悼してくださるけれど、というのです。慟哭する母親の真実きわまる身勝手ともいうべき心情。

雪山の道おのづからあはれなり
猪《しし》は猪《しし》の道杣《そま》は杣《そま》の道

穂積《ほづみ》　忠《きよし》

一九〇一―一九五四
「杣」は木こり。雪山の音絶えた世界にふかぶかとひろがる別世界。師白秋も絶讃した歌ですが、ここに表現されている美意識は、日本の古典的美意識に深く薫染されています。

命はも淋《さび》しかりけり現《うつ》しくは
見がてぬ妻と夢《ゆめ》にあらそふ

明石《あかし》海人《かいじん》

金を得てビルを出《い》でしが四五分《しごふん》の
後《のち》するすると飲屋《のみや》に在《あ》りつ

吉野《よしの》秀雄《ひでお》

一九〇一―一九三九
作者は画家を志し、結婚して子供もあった人ですが、ハンセン病のため療養の身となりました。昭和十一年『新万葉集』に病者の苦悩を歌った作十一首が採られ、一躍注目を集めました。現実には逢えない妻と夢で逢えたというのに、その夢はいさかいの夢だった、というのです。

一九〇二―一九六七
作者は幼時から虚弱で、六十五歳で亡くなるまで結核、ぜんそく、リューマチ、糖尿病など病気の巣のようでした。定職はほとんどなく原稿暮らし。良寛を愛し、会津八一を師としました。生の真髄に直到しようとする詠風が、おのずからなるユーモアを生みました。

われ死なば靴磨《くつみが》きせむと妻はいふ
どうかその節《せつ》は磨《みが》かせ下され

吉野《よしの》秀雄《ひでお》

紅葉《こうよう》はかぎり知られず散り来れば
わがおもひ梢《うれ》のごとく繊《ほそ》しも

前川佐美雄《まえかわさみお》

作者の最初の妻は戦争末期に子らを残して亡くなりました。のち身辺を手伝ってくれていた詩人八木重吉の未亡人登美子夫人と再婚しましたが、貧乏は相変わらずで、このような歌が折々に書かれています。

一九〇三―一九九〇
作者の「わがおもひ」の内容がどのようなものであるのか、誰にも(たぶん作者自身にさえ)分かりません。しかしこのような情景も情感も、誰にも覚えのあるものではないでしょうか。

いのち噴《ふ》く季《とき》の木ぐさのささやきを
きききてねむり合ふ野の仏たち

生方《うぶかた》たつゑ

一九〇五―二〇〇〇
命が溢れて噴きあげ、若葉をそよがせてささやき合う早春の木草。そのかたわらには、彼らの命の声を聞きながらうつらうつらと野仏が眠っています。

春潮《はるしお》のあらぶるきけば丘《おか》こゆる
蝶《ちょう》のつばさもまだつよからず

坪野《つぼの》哲久《てっきゅう》

一九〇六―一九八八
昭和初年のプロレタリア短歌運動から出発した歌人。敗戦翌年の春の歌です。生まれたばかりのかよわい蝶の翼、その下に荒れ狂う春潮。両者の対比は、単なる自然界の描写にとどまらないものを感じさせます。何よりも時代そのものに対する作者の感じ方が自然に現れていることを思わせます。

生ける魚《うお》生きしがままに呑《の》みたれば
白鳥のうつくしき咽喉《のど》うごきたり

真《ま》鍋《なべ》美《み》恵《え》子《こ》

一九〇六—一九九四
生きるために別の命を殺して食べる宿命は人間も動物も同じです。その修羅場がこの歌の主題ですが、作者はそれについての感慨はのべず、ただ真新しい死を呑みこんでびくりと動く白鳥の美しい咽喉だけを大写しにしています。

浪《なみ》の秀《ほ》に裾洗《すそあら》はせて大き月
ゆらりゆらりと遊ぶがごとし

大《おお》岡《おか》　博《ひろし》

一九〇七—一九八一
晩年約十年間の歌を収めた遺歌集『春の鷺』(昭五七)にある歌で、病のため伊豆の海を見おろす病院に入院した時の作です。「秀(ほ)」は「穂」と同じで、ものの先端。「遊ぶがごとし」と月を見たとき、作者は月といつのまにか一つになっている気分を味わっていたのです。

他界《たかい》より眺《なが》めてあらばしづかなる
的《まと》となるべきゆふぐれの水

葛《くず》原《はら》妙《たえ》子《こ》

一九〇七—一九八五

「他界」といえば「あの世」を連想しますが、一般に、現実を超えた世界のことを「他界」といっていいでしょう。「他界より眺めてあらば」という視点の置きかえが、人の心を深々と誘いこむ歌を生みました。

河南《かなん》にやはたビルマにや一兵《いっぺい》の
行方《ゆくえ》はしらずとどろきのなか

窪田《くぼた》章《しょう》一郎《いちろう》

一九〇八—二〇〇一

作者は歌人窪田空穂の長男。次男は茂二郎と言いました。病弱で早大入学後も軍事教練などでは常に苦しんだ人ですが、その茂二郎氏が召集され、アジアのどこかに転戦しているらしいことだけはわかっても消息は一切不明。その弟の身を、自身結核で長く療養したことのある兄が心痛してうたったのがこの歌です。茂二郎氏は結局、第二次大戦終結後ソ連軍の捕虜となり、収容所で死亡。

冬山の青岸渡寺《せいがんとじ》の庭にいでて
風にかたむく那智《なち》の滝《たき》みゆ

佐藤佐太郎《さとうさたろう》

死の側より照明《てら》せばことにかがやきて
ひたくれなゐの生ならずやも

斎藤《さいとう》　史《ふみ》

一九〇九―一九八七
西国三十三所第一番の札所青岸渡寺からの那智の滝の遠望を歌っています。折からの冬景色の中で、滝が風を受けてかすかに傾くのを見た、と感じたのです。微妙な感覚の揺れを表現するのに役立っている点では、「見る」でなく「見ゆ」とあるところも大切でしょう。

一九〇九―二〇〇二
日常の生を反転させ、死の側からこれを照らし出した時、生は真紅に輝く、と。死を意識することで生は凝縮されると見る作者の眼によって、歌は不思議に生命的な力をかち得ています。

雪の上にいでたる月が戦死者の
靴《くつ》の裏鋲《うらびょう》を照らしはじめつ

香《か》川《がわ》 進《すすむ》

一九一〇―一九九八
歌集『氷原』（昭二七）に収められている「戦の日々」と題する六十八首連作の冒頭にある歌。「照らしはじめつ」が鮮烈です。

群鶏《むらどり》の数を離れて風中《かざなか》に
一羽立つ鶏《とり》の眼《まなこ》ぞ澄《す》める

宮《みや》 柊二《しゅうじ》

一九一二―一九八六
作者は若い頃から鶏をときどき詠んでいます。この歌の入っている『群鶏』（昭二一）の後記にも「私は鶏の孤独で貪婪な姿が好きだった」と書いています。この歌はある観点から見れば、無意識の好ましい自画像だったと見ることもできそうです。

たちまちに君の姿《すがた》を霧《きり》とざし
或《あ》る楽章をわれは思ひき

近《こん》藤《どう》芳《よし》美《み》

川土手のゆるく曲れる道の上を
まじめな顔に犬が歩み来《く》

高《たか》安《やす》国《くに》世《よ》

一九一三―二〇〇六
昭和十一年から二十年までの戦中の作を収めた第一歌集『早春歌』の一首。戦時下の若い男女の恋愛は、いつ破壊されるか知れない危さの上に成り立っていました。

一九一三―一九八四
作者は歌人であると同時に、二十世紀最大の詩人の一人であるリルケの訳者・研究者としても広く知られる独文学者でした。動物のさりげない生態のとらえ方、その諧謔と内省をないまぜにした作風には、作者流儀の東西の詩の融合もあったかと思われます。

こんなところに釘《くぎ》が一本打たれいて
いじればほとりと落ちてしもうた

山《やま》崎《ざき》方《ほう》代《だい》

漂《ただよ》ひて来し蝶《ちょう》ひとつ塀際《へいぎわ》の
風のながれにしまし耐《た》へゐる

田《た》谷《や》鋭《えい》

一九一四―一九八五
太平洋戦争中、チモール島の戦闘で作者は右眼を失明、左眼も視力〇・〇一となりました。復員後職もなく、親族も絶えて天涯孤独の身となり、歌を唯一のよりどころとして生きました。その歌は自在な軽やかさをもっています。

一九一七―二〇一三
放射線技師として長年国鉄につとめた人。戦前は北原白秋に、戦後は宮柊二に師事しました。この歌のように、一見何事でもないような生活の細部から、ある新鮮な観察を引き出すわざにすぐれている歌人です。

失ひしわれの乳房《ちぶさ》に似し丘《おか》あり
冬は枯《か》れたる花が飾《かざ》らむ

中城《なかじょう》ふみ子《こ》

馬を洗《あら》はば馬のたましひ冱《さ》ゆるまで
人戀《こ》はば人あやむるこころ

塚《つか》本《もと》邦《くに》雄《お》

一九二二―一九五四
乳癌手術にもとづく五十首詠『乳房喪失』で一躍戦後歌壇の話題を集めましたが、歌集刊行直後逝去しました。この歌の「冬は枯れたる花が飾らむ」という表現は、尋常に見えて異常です。作者が見ているのはすでに生の世界よりは、死の世界ではないでしょうか。

一九二二―二〇〇五
「隆達節によせる初七調組唄風カンタータ」と副題のある「花曜」連作の一首。初句が五音でなく七音で始まるので初七調です。中世・近世歌謡にある謡いぶりで、作者はそれらの詞華をわがものとすべく多様な試みを行なっています。「あやむ」は殺す。

眼《まなこ》冴ゆる夜半《よわ》におもへばいにしへは
合戦《かせん》をまへにいかに眠《ねむ》りし

上田三四二《うえだみよじ》

草の上に子は清くして遊ぶゆゑ
地蔵和讃《じぞうわさん》をわれは思へり

岡野弘彦《おかのひろひこ》

一九二三—一九八九
歌人・小説家・評論家であると同時に、長年結核専門医として、人の生死を見守ってきた経験をもつ歌人でした。この歌も、たえず病者や死者と身近かに接して生きる職業人としての感慨でしょう。

一九二四〜
草の上で無心に遊ぶ子を見つつ、父である作者は別のことを思っているのです。「地蔵和讃」は地蔵菩薩に関連ある内容の和讃で、十歳にもならずに父母に先立った子らが、賽(さい)の河原で小石の塔を積む様子を歌うという内容の和讃です。

夢《ゆめ》のなかといへども髪《かみ》をふりみだし
人を追ひゐきながく忘《わす》れず

大《おお》西《にし》民《たみ》子《こ》

一九二四―一九九四
作者のこの種の歌は、周囲の反対を押しきって結婚したにもかかわらず不幸な結末に終わった結婚生活と深い関わりがあります。抑制のきいた内省的な歌であるだけに、悲しみの強さが心にしみます。

みづからを思ひいださむ朝涼《すず》し
かたつむり暗き緑に泳ぐ

山中智恵子《やまなかちえこ》

一九二五―二〇〇六
自分自身を思い出すとはどういうことか、といぶかる人もいるでしょう。いろいろな解釈はあり得ましょうが、自己本然のすがたといった言葉なら誰でも聞いたことがあるはずです。心の中で営まれている私たちの生活にあっては、この歌のような光景はけっして異様なものではないでしょう。

かなしみは明るさゆゑにきたりけり
一本の樹《き》の翳《かげ》らひにけり

前《まえ》登《と》志《し》夫《お》

処女《おとめ》にて身に深く持つ浄《きよ》き卵《らん》
秋の日吾《われ》の心熱《こころあつ》くす

富小路禎子《とみのこうじよしこ》

一九二六―二〇〇八
吉野に住む歌人ですが、短歌を作る前には現代詩を書いていました。この歌は第一歌集『子午線の繭』(昭三九)の冒頭に置かれています。作者にとって特に意味深い作だったと思われます。風景をえがいて実は心象風景を造形している歌といえるでしょう。

一九二六―二〇〇二
「身に深く持つ浄き卵」という表現は鮮烈ですが、歌そのものはいちまつの寂しさを秘めて、誇り高い若い女性の内面風景をえがいています。下句の熱度の高い表現に思いが凝縮しています。

足裏《あしうら》を舞《まい》によごしし足袋《たび》ひとつ
包みてわれのまぼろしも消す

馬場《ばば》あき子《こ》

限りなく死は続くべしひとつづつ
頭蓋《ずがい》を支《ささ》へ階くだる人ら

島《しま》田《だ》修二《しゅうじ》

一九二八〜

能に深い造詣をもつ作者は、実際に舞いもしますし、その方面の著述もあります。舞っている時の「まぼろし」は、現(うつつ)よりもさらに本源の世界を暗示する現だと感じられるものでしょう。そのまぼろしを、舞い終えた後の足袋を包む動作とともに「消す」と言っていますが、本当は包みこんで保ち続けるのです。

一九二八—二〇〇四

作者は生ある者の歴史を、死という無限なるものへ下ってゆく限りない歩みととらえ、それを「ひとつづつ頭蓋を支へ」階段を一歩一歩くだってゆく姿としてとらえています。暗い見方ですが、具象的なイメージに支えられて、説得力があります。雑踏する駅の階段などで得た想念でしょうか。

火を産まんためいましがた触れあえる
雌雄《しゆう》にて雪のなか遠ざかる

岡《おか》井《い》　隆《たかし》

マッチ擦《す》るつかのま海に霧《きり》ふかし
身捨《す》つるほどの祖国はありや

寺《てら》山《やま》修《しゅう》司《じ》

一九二八〜

男女の性交渉をうたった歌の数は古来きわめて多いと言えますが、この歌は中でも印象鮮やかな一首です。火を産まんがために触れ合う男女という映像、愛欲の中で男女は「雌雄」にほかならないという観念、それに加えて、雪の中を互いに別れて去る二人の姿。現代のロマンティシズムの歌。

一九三五—一九八三

作者の代表作の一つとして有名な歌ですが、上句と下句の間には論理的な意味での因果関係はなく、むしろ両者の結びつきが意表をついているために逆に色あせない魅力を感じさせるのでしょう。青年の憂愁が、反面で昂然たる孤高の意志に支えられているというところに、この歌の複雑な味わいがあります。

天《てん》の色たちまち川を染め上げて
男荒《あ》れたる後《のち》の淋《さび》しさ

佐佐木幸綱《ささきゆきつな》

白き霧《きり》ながるる夜の草の園に
自転車はほそきつばさ濡《ぬ》れたり

高野公彦《たかのきみひこ》

一九三八〜

具体的な情景を想像すれば、夕焼けに染まる川のほとりをゆく男の姿を思い浮かべるのが最も自然でしょう。しかし、男の「荒れたる後の淋しさ」についてはさまざまに想像できます。もちろん、ここでも最も自然な想像としては恋人とのいさかい。けれども歌全体は、そういう具体的動機を超えた所で「淋しさ」を呼吸しています。


一九四一〜

夜霧に濡れている自転車は、現実に「ほそきつばさ」を生やしているわけではありませんが、この歌を読むと、そのような心象も決して荒唐無稽ではなく、ありうべき別の自転車像がそこに浮かんでいるように思えては来ないでしょうか。人は時と場所に応じて、みずからの意識や心理のうちにもう一つ別の世界を作るものです。

目を病《や》みてひどく儚《はかな》き日の暮《くれ》を
君はましろき花のごとしよ

福《ふく》島《しま》泰《やす》樹《き》

君を打ち子を打ち灼《や》けるごとき掌《て》よ
ざんざんばらんと髪《かみ》とき眠《ねむ》る

河《かわ》野《の》裕《ゆう》子《こ》

一九四三〜
現代短歌の中に古来の歌謡の調べを呼びおこし、現実に演奏家たちとの共演を通じて短歌の朗誦活動を盛んに行なっている歌人です。この恋の歌も、現代短歌には珍しい愛誦性があります。「君」という人物さえ、「ましろき花」の幻影の中に溶けこんでいるようです。

一九四六―二〇一〇
現代の女性歌人たちの歌の中でひときわ鮮やかに「現代女性」の歌を感じさせるのがこの作者です。臆することなく自我を主張してそれが少しも無理を感じさせません。なぜなら、この「ざんざんばらんと」髪を解いて眠る女性は、夫をも子をも打ちすえるほどまっすぐに彼らと共に生きているからです。

歌謡・連句

古事記歌謡《こじきかよう》　倭建命《やまとたけるのみこと》

大和《やまと》は　国《くに》の真秀《まほ》ろば
畳《たた》なづく　青垣《あおがき》　山籠《やまこも》れる　大和《やまと》しうるはし

「真秀ろば」はマホラ、マホラマと同じですぐれたよい所・国。大和はすぐれた陸地、重なり合う青い垣根のような山々に抱かれた大和こそ、げに美わしいところ。古代伝説の悲劇の皇子倭建命が絶命するとき故郷をしのんで歌ったということですが、実際は儀式の際の国ぼめの歌が皇子の伝説に組みこまれたのでしょう。

和漢朗詠集《わかんろうえいしゅう》　白居易《はくきょい》

燭《ともしび》を背《そむ》けては共《とも》に憐《あわ》れむ深夜《しんや》の月
花を踏《ふ》んでは同じく惜《お》しむ少年の春

中国の唐代の人
平安時代、唐の詩人というと白居易(白楽天)の人気が断然他を圧していました。ともしびを壁に向けて暗くし友と二人深夜のさえわたる月光を愛で、散る花を踏んでは過ぎゆく若い歳月をともに惜しむ、と歌う青春の感傷。異国だけのものとは言えない普遍性があり、それが愛誦された理由でしょう。

淀河《よどがわ》の底《そこ》の深《ふか》きに鮎《あゆ》の子の
鵜《う》といふ鳥に背《せ》中食《なかく》はれてきり〳〵めく　可憐《いとお》しや

梁塵《りょうじん》秘《ひ》抄《しょう》

仏は常にいませども　現《うつつ》ならぬぞあはれなる
人の音せぬ暁《あかつき》に　ほのかに夢《ゆめ》に見え給《たま》ふ

梁塵《りょうじん》秘《ひ》抄《しょう》

歌謡集　一二世紀後半
後白河院編

鵜飼の情景でしょう。鮎が逃げようと身もだえしてはねる様子を「きり〳〵めく」と形容しているところなど、まことに生き生きとした表現です。淀川べりなどに群れて春をひさいでいた遊女たちが愛誦していた歌かもしれません。鮎の身の上をいとおしがる口調に、真情が溢れているようです。

仏は永久不変におわすが、凡夫にはまのあたりに拝することができない。そこでなおのことしみじみと尊く思われる。だが夜通し一心に祈った暁には、仏は夢にほのかに姿をお現わしになられるのだ。法華経の教理を歌謡で歌ったもの。古今を通じて最もよく知られ愛誦されている仏教歌の一つです。

美女《びんじょう》打ち見れば　一本葛《ひともとかづら》にもなりなばやとぞ思ふ
本《もと》より末《すえ》まで縒《よ》られればや　切るとも刻《きざ》むとも
離《はな》れ難《がた》きはわが宿世《すくせ》

梁塵秘抄《りょうじんひしょう》

遊びをせんとや生《うま》れけむ　戯《たわぶ》れせんとや生《うま》れけん
遊ぶ子供の声聞けば　我《わ》が身さへこそ動《ゆる》がるれ

梁塵秘抄《りょうじんひしょう》

女に心を奪われた男の溜息と讃美の歌。ビンジョウは「美」に撥音のンが加わったもので、いかにも歌謡らしい明るい調子があります。ああいっそ一本のつたかずらになってしまいたい。根本から蔓の先まであの人のからだにより合わされてしまいたい。もうどうなってもいい、切られようと刻まれようと、離れられないのがわが宿命なのだ……。

「遊び」も「戯(たはぶ)れ」も、平安朝当時春をひさぐ行為、またその人を指す言葉としても使われました。その観点で読むと、無心に遊ぶ子らの上にすでに将来の流浪の人生を予感した歌となりましょう。そういう解釈もあるということを指摘しておこうと思います。

人買ひ舟は沖《おき》を漕《こ》ぐ　とても売らるる身を
ただ静かに漕げよ　船頭殿

閑《かん》吟《ぎん》集《しゅう》

なにせうぞ　くすんで
一期《いちご》は夢《ゆめ》よ　ただ狂《くる》へ

閑《かん》吟《ぎん》集《しゅう》

中世歌謡集　一五一八

売られてゆく女の悲しみの歌です。「とても」は、とてもかくてものの略で、どんなにしても、所詮。「船頭」とは人買い船の船頭です。森鷗外の有名な短編『山椒大夫』をはじめ、人買いの話は昔から「説教」や「浄瑠璃」「謡曲」になって、中世日本の裏面史の一つを伝えています。

なんだなんだ、まじめくさって。人生なんぞ夢まぼろしよ、狂え狂え。「狂う」は、とりつかれたように我を忘れて、仕事であれ享楽であれ没頭すること。中世以降の根強い無常観が、反転して虚無的な享楽主義となり、不思議なエネルギーを発散させています。

世間《よのなか》は霰《あられ》よなう　笹《ささ》の葉の上の
さら〳〵さつと　降るよなう

閑《かん》吟《ぎん》集《しゅう》

我《わ》御寮《ごりょう》思へば　安濃《あの》の津《つ》より来たものを
俺振《おれふ》りごとはこりゃ何事《なにごと》

閑《かん》吟《ぎん》集《しゅう》

笹に降る雪やあられは、和歌にも歌謡にも愛好されてきた材料ですが、この歌の調べはまた格別。さらさらさっと流れてゆくリズムの快さに、歌の情感が流露していいます。「降る」には同音で「経る」がかくされています。

そなたが恋しいばかりに、はるばる安濃津からやってきたのに、そのおれを振るとは、こりゃ一体何てこったい。遊女に振られた男の落胆と嘆きの歌ですが、生き生きとした口語体の語り口にはユーモアがあり、港町（「安濃津」は三重県津市の古称）のさばさばした男の粋な陽気さが感じられます。「我御寮」はそなた、おまえ。

思へど思はぬ振《ふ》りをして
しやつとしておりやるこそ底は深けれ

閑《かん》吟《ぎん》集《しゅう》

ただ　人には馴《な》れまじものぢや　馴れての後《のち》に
離るる　るるるるるるるが　大事《だいじ》ぢやるもの

閑《かん》吟《ぎん》集《しゅう》

女から見た「いい男」の一理想像でしょう。私のことを思ってくれてはいても、そんなことはけぶりにも出さないで、しゃきっとしておいでてこそ、実は底が一層深いのよね。『閑吟集』の編者はなかなかの皮肉屋です。この歌の次に「思へど思はぬ振りをしてなう思ひ痩せに痩せ候」と。理想と現実の背馳かくのごとし。

とにかく、人にはどっぷり馴れ親しむものではないよ。いったん馴染んだ仲になってしまうと、別れることが、何ともはや大変なんだから。「離るる」のあとに「るる」を繰返して、いかにも生きのいい流行歌の調子を作っています。その繰返しはまた、もつれもつれた男女の仲の描写にもなっているようです。

花籠《はなかご》に月を入れて　漏《も》らさじこれを
曇《くも》らさじと　持つが大事な

閑《かん》吟《ぎん》集《しゅう》

杜《と》子《し》美《み》　山谷《さんこく》　李《り》太白《たいはく》にも
酒を飲むなと詩《し》の候《そうろう》か

隆《りゅう》達《たつ》小《こ》歌《うた》

花籠に月（ほどにも輝く大切な男）を入れて、その光を外には洩らすまい、曇らすまいと、しっかり抱きしめていくのが大切なのよ。いかにも流行歌らしい歌ですが、「花籠」と「月」は「女性」と「男性」の意味も含んでいそうです。そう考えると、この歌はいかにもしゃれた性愛の歌ということにもなるでしょう。

歌謡集　安土・桃山期

杜子美、李太白は唐代の詩人杜甫と李白。山谷は宋代の詩人で名筆家として名高い黄山谷（黄庭堅）。あのえらい詩人さんたちの詩に、酒を飲むなという詩があったかね、ありゃあしませんよね。すまし顔で大詩人たちを楯にとって酒をたたえています。取合わせの大きいところがこの歌のおかしみです。

君まちて　待ちかねて　定番鐘《じょうばんがね》の　其下《そのした》での
じだ〱じだだ　じだ〱をふむ

隆達小歌《りゅうたつこうた》

咲《さ》いた桜《さくら》になぜ駒繫《こまつな》ぐ
駒が勇《いさ》めば花が散る

山家鳥虫歌《さんかちょうちゅうか》

定番鐘は城内警備用の鐘。その下で男と落ち合う約束をしたのです。が、不実な男はさっぱりやってこない。「じだだ」は地踏鞴（ヂタタラ）がヂダンダ、さらにヂダダになったといいます。いらいらと足踏みし、地団太ふんでいる娘。「じだ〱」と繰返すリズムと、男を待つやゝせきこんだ初二句にユーモアがあります。

近世歌謡集　一七七二
満開の桜につながれた馬が元気にあばれると、花はさかんに散ってゆく、と。絵のような情景ですが、視点を変え、桜を乙女、駒を若者と見なしますと、また別の春景も見えてきそうです。春駒とは、はやりたつ心を指す言葉でもありました。

箱根《はこね》八里は歌でも越《こ》すが
越すに越されぬおもひ川

鄙廼《ひなの》一曲《ひとふし》

現在では「箱根八里は馬でも越すが越すに越されぬ大井川」の形で定着していますが、『鄙廼一曲』のこの恋歌はその原形を暗示しています。「おもひ川」は深く流れ続ける川にたとえた恋の思い。とげ得ぬ恋のつらさに較べれば、箱根八里のけわしさなど、まだまだ鼻歌まじりだった、と。

とろり〳〵としむる目の
笠《かさ》のうちよりしむりや　腰《こし》が細くなり候《そろ》よ

松《まつ》の葉《は》

歌謡集　一七〇三
元禄時代の風俗を彷彿とさせるような、色気豊かな歌です。「しむる」は締むる。三味線に合わせて、男を流し目でとろりとろりととらえてしまう様を歌ったのでしょうか。女は芸人か遊女か分かりませんが、「腰が細くなる」とは、何とも艶な表現です。ただし、この男女の位置を逆にして、男が女を見つめる図と解する立場もありえましょう。

肌寒《はださむ》ミ一度は骨《ほね》をほどく世に　荷《か》兮《けい》
傾城《けいせい》乳《ちち》をかくす晨明《あけぼの》　昌《しょう》圭《けい》

きぬぎぬやあまりかぼそくあてやかに　芭《ば》蕉《しょう》
かぜひきたまふ声のうつくし　越《えつ》人《じん》

山本荷兮　一六四八—一七一六
昌圭　姓・生没年未詳
「骨をほどく」は死ぬこと。「傾城」は美女がその色香によって国をも傾けさすところから、美女、あるいは遊女のたとえとなりました。この句の場合は遊女でしょう。人間誰でも一度は死ぬ宿命という前句に、かたわらの遊女が、肌寒い明け方、乱れた胸もとをかくして寄り添うと付ける。生と死が表裏一体の境、凄艶です。

松尾芭蕉　一六四四—一六九四
越智越人　一六五六—未詳
男を送り出す姫君の、消え入らんばかりにみやびやかなはじらい。風邪声なのがまたひときわ魅力的で。「あてやか」(貴やか)はみやびやかの意で「あでやか」とは別。王朝の男女のきぬぎぬ(衣を重ねて共寝した男女が、一夜明けめいめいの衣を着て別れる)の情景を、二句の連なりで描いています。

かきなぐる墨絵《すみえ》をかしく秋暮《くれ》て　史《ふみ》邦《くに》
はきごころよきめりやすの足袋《たび》　凡《ぼん》兆《ちょう》

さまざまに品《しな》かはりたる恋《こい》をして　凡《ぼん》兆《ちょう》
浮世《うきよ》の果《はて》は皆小町《こまち》なり　芭《ば》蕉《しょう》

中村史邦　生没年未詳
野沢凡兆　未詳―一七一四
「墨絵」は中国伝来という点で異国風といえますし、「めりやす」は西洋から渡って来た品です。晩秋、ひとり心ゆくままに墨絵に没頭して楽しむ人物は、はき心地のよい足袋をはいている人でもあった、と。両句相まって元禄期のブルジョアらしい、趣味豊かな男の像を造型しているわけです。

凡兆が、平安朝随一の恋の歌人在原業平などの面影を頭において、さまざまな恋を味わいつくした風流人の老境を描けば、芭蕉は絶世の美女でありながら老いて零落したとされる小野小町の伝説を取り合わせています。誰でもみんな行きつくところは同じ、と。

ゆふめしにかますご喰《く》へば風薫《かおる》　凡《ぼん》兆《ちょう》

蛭《ひる》の口処《くちど》をかきて気味よき　芭《ば》蕉《しょう》

「かますご」はイカナゴ・コウナゴで、干魚として賞味されるカマスではありません。「風薫る」は初夏のさわやかな風で、夏の季語。二句の付合いによって、一日の仕事を終えてつましい食卓に向かった男が、昼間田んぼで蛭(ひる)に血を吸われたあとをぽりぽりと気持ちよさそうにかく情景が、生き生きと描かれています。

近世俳句

長持《ながもち》へ春ぞくれ行く更衣《ころもがえ》

西鶴《さいかく》

猫《ねこ》の子に嗅《かが》れてゐるや蝸牛《かたつむり》

才麿《さいまろ》

目には青葉山時鳥《やまほととぎす》初鰹《はつがつお》

素堂《そどう》

井原西鶴　一六四二―一六九三

「更衣」は陰暦四月一日、綿入れから袷（あわせ）に着替えた行事から出た言葉ですが、風俗習慣の中では日は厳密には言いません。要は夏の装いにかえること。さてこの句、春の間たとえばお花見などに楽しんで着た着物を、長持をあけて大切に蔵うさまですが、着物と一緒に春も長持の中へ暮れてゆくという諧謔なのです。

椎本（しいのもと）才麿　一六五六―一七三八

雨あがりでしょうか、猫の子がふしぎそうにカタツムリをくんくん。

山口素堂　一六四二―一七一六

古俳諧では最も知られた句の一つでしょう。元来は初夏の鎌倉をたたえた句です。江戸時代、カツオは鎌倉あたりで大いに獲れ、江戸人の初鰹好きを刺激しました。

蛸壺《たこつぼ》やはかなき夢《ゆめ》を夏の月

芭蕉《ばしょう》

行春《ゆくはる》や鳥啼魚《とりなきうお》の目は泪《なみだ》

芭蕉《ばしょう》

閑《しず》かさや岩にしみ入る蟬《せみ》の声

芭蕉《ばしょう》

松尾芭蕉　一六四四―一六九四

須磨・明石を訪ねた紀行文『笈(おい)の小文』に出る句。蛸を獲る素焼の壺が沈められています。夏の短か夜、中に潜りこんではかない夢を結ぶ蛸。照る月。あわれの感が深い中に、非情な俳諧の「をかし」もこもっています。

『おくの細道』、元禄二年三月二十七日の作。芭蕉庵から舟で千住に出、「前途三千里のおもひ胸にふたがりて、幻のちまたに離別の泪をそそぐ」としてこの句があります。親しい人々への惜別の情。

『おくのほそ道』、山形の立石寺、五月二十七日。「しみ入る」感覚は日本詩歌の一つの重要な鍵。この句はその最高の作。

むざんやな甲《かぶと》の下のきりぎりす
芭蕉《ばしょう》

ひやひやと壁《かべ》をふまへて昼寝《ひるね》かな
芭蕉《ばしょう》

此秋《このあき》は何《なん》で年よる雲に鳥
芭蕉《ばしょう》

加賀小松の多田神社で平家の武将斎藤実盛のかぶとを拝観した時の作。実盛は木曾義仲の軍との合戦で、老人と侮られまいとして白髪を染めて出陣、壮烈な討死にをしました。『平家物語』や謡曲「実盛」で、首実検した義仲の家来が「あなむざんやな、斎藤別当にて候ひけるぞ」と落涙する所があります。芭蕉はこの言葉を踏み、甲の下のコオロギ(「きりぎりす」)の声に古武士を悼んだのです。

「ひやひやと」の一語にこもる気分の豊かさ。軽やかさ。

死の床につく直前の作。「雲に鳥」という表現を得るため朝から苦心さんたんしたといいます。

旅に病《や》んで夢《ゆめ》は枯野《かれの》をかけめぐる　　芭蕉《ばしょう》

春雨《はるさめ》や降《ふ》るともしらず牛の目に　　来山《らいざん》

なんと今日の暑さはと石の塵《ちり》を吹《ふ》く　　鬼貫《おにつら》

芭蕉最後の吟であることは周知の通りです。元禄七年(一六九四)旅先の大坂で発病、十月十二日逝去。この句は八日の作です。芭蕉はつねづね、今日の一句が明日の辞世という覚悟で生きていた人です。この句は辞世として作ったものではありませんが、この覚悟に照らしてみれば辞世だったでしょう。

小西来山　一六五四―一七一六
牛の見ひらいた目に、こまかな春雨が。「降るともしらず」に春雨の本質がよくとらえられています。

上島(うえじま)鬼貫　一六六一―一七三八
たえがたい真夏の暑さをいうのに「石の塵」をもってきたのがみごとです。鬼貫は口語調の平明な句をたくさん作っています。いずれも見どころのある句です。

ひうひうと風は空ゆく冬ぼたん　鬼貫《おにつら》

にょつぽりと秋の空なる富士《ふじ》の山　鬼貫《おにつら》

日の春をさすがに鶴《つる》の歩みかな　其角《きかく》

「ひうひうと」という擬音語の働きの大きさには感心します。後世の小林一茶と並んで、鬼貫は擬音語・擬態語をみごとに駆使した俳人でした。

「にょつぽりと」とはまた言い得て妙。澄んだ秋空に、とつぜん高くそびえている富士山を見たときの印象です。

榎本《えのもと》其角　一六六一―一七〇七

「日の春」は元日の朝日のことです。其角の造語だろうと考えられています。鶴の姿がいかにもこの華やかな言葉の雰囲気にぴったりで、その感じを「さすがに」一語でみごとに表現しています。

越後屋《えちごや》に衣《きぬ》さく音や更衣《ころもがえ》　其角《きかく》

相撲取《すもうとり》ならぶや秋《あき》のからにしき　嵐雪《らんせつ》

おうおうといへど敲《たた》くや雪の門《かど》　去来《きょらい》

「越後屋」は日本橋駿河町にあった呉服店兼両替屋で、今の三越の前身。現金掛値なし、切売りという薄利多売の商法で人気を集め、繁盛しました。夏の衣がえの季節には、ことさら勢いよく布地をピッと裂く音が響くようです。

服部嵐雪　一六五四―一七〇七
色とりどりの化粧まわしをつけて並ぶ力士たち、さながら咲き乱れる秋草の織る唐錦ではないか、と。見立ての面白さは、同じ作者の「蒲団着て寝たる姿や東山」にもあります。「相撲」は俳諧では秋の季語。

向井去来　一六五一―一七〇四
雪が降りしきる日の訪問者。内では「おうおう」と答えるのですが、聞こえずに門を叩き続ける。

水鳥《みずとり》やむかふの岸へつうゐつゐ　惟然《いぜん》

雪曇《ゆきぐもり》　身の上を啼《な》く烏《からす》かな　丈草《じょうそう》

水底《みなそこ》を見て来た顔の小鴨《こがも》かな　丈草《じょうそう》

広瀬惟然　未詳—一七一一
「つうゐつゐ」がいかにも水鳥の動きです。惟然は芭蕉晩年の弟子で放浪の俳人。この人も口語の擬声語・擬態語を好んで使い、単純平明な句を作りました。「水鳥」は冬の季語。

内藤丈草　一六六二—一七〇四
「去来が庵を訪ひ来たれるに別るるとて」と前書があります。師芭蕉の没後丈草は仏幻庵にこもって追善供養につとめました。親しい相弟子の去来が訪れて一夜を語り明かしたのでしょう。「身の上を啼く烏かな」というのはこの場合ぴったりな情景。

水にもぐってはついと顔をもたげる鴨。いかにも水底まで見てきたような澄まし顔をして。

灰捨《はいす》て白梅《しらうめ》うるむ垣《かき》ねかな

凡兆《ぼんちょう》

花散るや伽藍《がらん》の枢《くるる》落《おと》し行く

凡兆《ぼんちょう》

行く雲をねてゐてみるや夏座敷《なつざしき》

野坡《やば》

野沢凡兆　未詳―一七一四
垣根の根元に灰を捨てると一瞬灰が舞いあがり、ふとかたわらの白梅の花がかげりを帯びてうるんだように見えたというのでしょう。何とも鋭敏な美感のとらえ方です。

「花」とあれば桜を意味するのが平安朝以来できあがった美的通念で、ここもそれです。「枢」は戸の桟につけて敷居の穴に落としこみ、戸を締める木片。桜が散る寺の境内の夕暮れ、僧がきてお堂の重い扉をしめ、枢をトンと落として立ち去ってゆく情景。

志太野坡　一六六二―一七四〇
前書によると、人の別荘に招かれて談笑した日の夕方、外をながめている図です。閑雅そのもの。

木枯《こがらし》の一日吹《いちにちふ》いて居《お》りにけり

涼菟《りょうと》

月の夜や石に出て鳴くきりぎりす

千代女《ちよじょ》

初恋《はつこい》や燈籠《とうろ》によする顔と顔

太祇《たいぎ》

岩田涼菟　一六五九―一七一七
俳句というものは、ここまで単純化してもなお面白いものが作れるという好例でしょう。芭蕉の弟子ですが、師の没後、平明通俗な表現によって俳諧大衆化の道を開いた伊勢風一派の祖。

千代女　一七〇三―一七七五
加賀の千代女といえば「朝顔につるべとられて貰ひ水」という月並みな句でもっぱら有名ですが、こちらの句にはコオロギ（「きりぎりす」はコオロギの古名）の鳴く秋の夜の、かちっとひきしまった感触がよく出ています。

炭（たん）太祇　一七〇九―一七七一
俳句の季語の「燈籠」は盆燈籠のことで初秋。恥じらいつつ燈籠の灯影に顔を寄せあっている、ういういしい初恋の二人。

空遠く声あはせ行く小鳥かな　　太祇《たいぎ》

行春《ゆくはる》や海を見て居《い》る鴉《からす》の子　　諸九《しょきゅう》

夏河《なつかわ》を越《こ》すうれしさよ手に草履《ぞうり》　　蕪村《ぶそん》

「小鳥」は秋の季語。秋になると大空を小鳥が群れをなして渡るためです。読むだけでいっぺんに光景が目に浮かぶ鮮やかさ。

有井(ありい)諸九　一七一四―一七八一

九州筑後の名家に生まれ、同族に嫁入りしましたが、のち芭蕉の弟子野坡の門弟有井浮風と駆け落ちし、蕉門のおしどり俳人となりました。江戸中期俳壇に名高い人ですが、なるほどこの句のかもし出す情感は俳人としての力量を感じさせます。

与謝(よさ)蕪村　一七一六―一七八三

蕪村が放浪中、丹後(京都)の宮津に三年余滞在した当時の作。郊外に人を訪れたのです。少年の日の川遊びの喜びが一瞬によみがえる思い。

牡丹《ぼたん》散《ちっ》て打《うち》かさなりぬ二三片《ぺん》

蕪村《ぶそん》

中国では花の王とまで称えられる大輪の牡丹。「二三片」だけが散って重なっているところに、かえって牡丹の豪華さが浮かびあがるようです。音のはずみのよさ。

愁《うれ》ひつゝ岡《おか》にのぼれば花いばら

蕪村《ぶそん》

「花いばら」は野ばらの花、いばらの花。初夏のころ、白い花を開きます。この句の感傷性は時代を超えて人をうちます。石川啄木の歌に「愁ひ来て丘にのぼれば名もしらぬ鳥啄(ついば)めり赤き茨の実」。蕪村句の影響でしょう。

涼《すず》しさや鐘《かね》をはなるるかねの声

蕪村《ぶそん》

「涼しさ」は夏の季語。ここでは鐘の声が鐘を離れて遥か遠方にまで伝わってゆく響きそのものに、より深い意味での「涼しさ」があります。大きな時間と空間の把握。

更《ふ》くる夜や炭もて炭を砕《くだ》く音　蓼太《りょうた》

星きら〳〵氷となれるみをつくし　闌更《らんこう》

憂《う》きことを海月《くらげ》に語る海鼠《なまこ》かな　召波《しょうは》

大島蓼太　一七一八―一七八七
火鉢に火をつぎ足すため、炭で炭をくだいて小さくしているのです。冬の夜更けまで起きて夜なべ仕事にはげむ人に、しんしんと冷えまさる空気まで感じられる句。

高桑闌更　一七二六―一七九八
「みをつくし」は船のためにたててある目じるしの杭。寒夜、その杭の水面に出た部分が凍って星にきらめいています。「星きら〳〵」という表現の清新な感覚。

黒柳召波　一七二七―一七七一
ナマコにとっての「憂きこと」とは一体何でしょうか、わかりません。しかしこの句、面白い。「海月」は夏、「海鼠」は冬の季語ですが、ここではナマコが主体ですから、句の季節としては冬ととるのが自然です。

暁《あかつき》や鯨《くじら》の吼《ほ》ゆるしもの海

暁台《きょうたい》

さうぶ湯やさうぶ寄《より》くる乳《ち》のあたり

白雄《しらお》

人恋《ひとこい》し灯《ひ》ともしころをさくらちる

白雄《しらお》

加藤暁台　一七三二―一七九二

寒さきびしい冬の夜明けの海。「吼ゆる」は鯨が潮を吹くさまでしょう。空想の句だろうと思われますが、とらえている光景が大きく、また言葉が引きしまっています。

加舎(やか)白雄　一七三八―一七九一

「さうぶ」は菖蒲。端午の節句に香り高い菖蒲の葉や根を風呂に浮かせ、邪気を払う菖蒲湯の風俗です。葉っぱが胸乳のあたりに近寄ってくるのは、だれにも覚えのある情景でしょう。それをそのまま詠んでぴたりと決めている力量は、さすが中興期俳諧の雄。

夕暮れどき、風もないのに散る桜。そこはかとないその憂愁。「人恋し」という直接的な言い方が、少しも浮わついていない床しさ。

やはらかに人分《わ》けゆくや勝角力《かちずもう》

几《き》董《とう》

秋来《き》ぬと目にさや豆《まめ》のふとりかな

大江《おおえ》丸《まる》

こがらしや日に日に鴛鴦《おし》のうつくしき

士《し》朗《ろう》

高井几董　一七四一―一七八九
負けた力士はそそくさと消えていきます。反対に、勝った力士は悠揚せまらざる風で、「やはらかに」人を分けて去っていきます。

大伴大江丸　一七二二―一八〇五
『古今集』の名歌「秋来ぬと目にはさやかに見えねども風のおとにぞおどろかれぬる」を踏んだパロディ。「さやか」→「さや豆」。風が秋を告げるなら、畑ではさや豆もふくらんで、ほら、ここにも秋が来ている。

井上士朗　一七四二―一八一二
木枯らしが吹くごとに冬は深まり、池ではオシドリの羽が日に日に美しくなってゆく光景ですが、「こがらしや」で切れ、「うつくしき」と連体止めにしているため、余情豊かな句になっています。

魚《うお》食うて口 腥《なまぐさ》し昼の雪

成美《せいび》

ゆさ〳〵と桜《さくら》もてくる月夜《つきよ》哉《かな》

道彦《みちひこ》

かたむきて田螺《たにし》も聞《きく》や初《はつ》かはづ

巣兆《そうちょう》

夏目成美　一七四九―一八一六

この題材は上品な古典和歌だったらとても扱うことのできないものでした。日本の詩歌の歴史の中途で、和歌から俳諧が独立し、新たな王国を築いた理由も如実にわかるような句です。口になまぐささを残しているなまなましさが、下五の「昼の雪」でみごとに拭いさられるのが、俳句形式の功徳です。

鈴木道彦　一七五七―一八一九

折りとった桜の大枝をゆさゆさかついでくる男。空には満月。太平の江戸の自画像のような句です。

建部（たけべ）巣兆　一七六一―一八一四

今年はじめての蛙の声。酒豪で知られた無欲洒脱な人柄の作者は、恐らく酒を酌みつつ、「タニシもこの声に聞き入っているかな、体を傾けながら」と呟いたでしょう。

春風《はるかぜ》や鼠《ねずみ》のなめる隅田川《すみだがわ》

一茶《いっさ》

大蛍《おおぼたる》ゆらりゆらりと通りけり

一茶《いっさ》

是《これ》がまあつひの栖《すみか》か雪五尺《ごしゃく》

一茶《いっさ》

小林一茶　一七六三―一八二七

このネズミは隅田川べりの家から流れ出す残飯類でもあさっているのでしょう。でも一茶は、これを、ネズミが隅田川そのものをなめているという形で大きくとらえ直しています。まさしく江戸の春。

一茶は擬声語・擬態語を使う名人でした。「うまさうな雪がふうはりふはりかな」「稲妻やうつかりひよんとした顔へ」「寝た下を凩づうんづうんかな」。

江戸その他への漂泊の旅の暮らしもついに終わり、縁者との長い紛争の地柏原(北信濃)に帰った一茶の、万感のこもった溜息がきこえるような句です。

雪とけてくりくりしたる月夜かな

一茶《いっさ》

ふゆの夜や針《はり》うしなふておそろしき

梅室《ばいしつ》

「雪ちるやおどけも言へぬ信濃空」という一茶の句には、故郷の重苦しさが沈鬱に表現されています。それだけに、雪どけの喜びは格別でした。「雪とけて村一ぱいに子どもかな」とも。

桜井梅室　一七六九―一八五二

針を畳に落として見失ってしまった恐ろしさは、春でも夏でも秋でも同じでしょう。しかし、言葉の世界では、「ふゆの夜や」でないと収まりがつかないような所があります。きびしい寒さの冬の夜がもつ季節感。梅室はその効果を十分に心得てこの句を作っています。

近代俳句

闘鶏《とうけい》の眼《まなこ》つむれて飼《か》はれけり　鬼城《きじょう》

水すまし水に跳《は》ねて水鉄《みず》の如《ごと》し　鬼城《きじょう》

秋の江《え》に打ち込《こ》む杭《くい》の響《ひびき》かな　漱石《そうせき》

村上鬼城　一八六五―一九三八
戦いで目をつぶされた闘鶏はもう使いものになりません。それでも飼主の情けで殺されず飼われています。鬼城自身、三五〇石取りの家に生まれながら、耳が遠いため高崎裁判所の代書人となり、十人の子持ちの貧しい生活を多年送りました。目がつぶれてなお生かされている闘鶏の肖像が強い印象を与えるのも当然でしょう。

「水」の語が三回くり返されているのは、まるでミズスマシが軽々と跳ねているようです。

夏目漱石　一八六七―一九一六
明治四十三年八月、静養先の伊豆修善寺の旅館で大吐血した漱石の、回復期の句。清らかな幻聴かと思われます。修善寺は山の中。

日盛《ひざか》りに蝶《ちょう》のふれ合ふ音すなり　青々《せいせい》

赤い椿《つばき》白い椿と落ちにけり　碧梧桐《へきごどう》

遠山《とおやま》に日の当りたる枯野《かれの》かな　虚子《きょし》

松瀬青々　一八六九―一九三七
「日盛り」は夏の季語。蝶がさかんに活動しています。それをじっと見つめている人間。現実には蝶がふれ合う音など聞こえないでしょう。それを聞きとるまで鋭敏になっている目と耳。

河東碧梧桐　一八七三―一九三七
明治二十九年の作。近代俳句草創期の代表作のひとつで、師の正岡子規が印象明瞭の秀逸と絶讃して有名になりました。赤い椿、次いで白い椿が落ちるさまと読めますが、作者自身は紅白二本の椿の下に散っている赤の一群、白の一群の色の違いに興味を感じて作ったようです。

高浜虚子　一八七四―一九五九
明治三十三年秋の作。虚子初期の代表作。閑寂にして大らか。

蝶々《ちょうちょう》のもの食《く》ふ音の静かさよ

虚子《きょし》

去年今年《こぞことし》貫《つらぬ》く棒《ぼう》の如《ごと》きもの

虚子《きょし》

ひよどりのそれきり鳴かず雪の暮《くれ》

亜浪《あろう》

蝶々なら、蜜などを「吸う」というべき所ですが、それをあえて「もの食ふ音」と言ったところに大胆な発見がありました。

昭和二十五年十二月、新春放送用に作った句。当時七十六歳。「去年今年」は昨日が去年、今日は今年という、一年の変わり目を鮮明に表現した季語。虚子はこの語を用いて、新春だけに限らない永遠の時の流れを五七五の中に詠み据えた感じです。「貫く棒の如きもの」の力強さと茫洋たる大きさ。

臼田亜浪　一八七九―一九五一

ひよどりは甲高く鋭く鳴きます。「雪の暮」が深沈と響いて孤愁をふかめます。

かたまつて薄《うす》き光の菫《すみれ》かな

水巴《すいは》

奥白根《おくしらね》かの世の雪をかゞやかす

普羅《ふら》

をりとりてはらりとおもきすゝきかな

蛇笏《だこつ》

渡辺水巴　一八八二―一九四六

この「薄き光」は、スミレの花に落ちている春の光でもありますが、それ以上に、スミレそのものの発している光です。内外の光をとらえて一体化した表現となり得ている所がみごとです。

前田普羅　一八八四―一九五四

昭和十二年発表の「甲斐の山々」連作五句の結びの句。同時作のひとつに「駒ケ嶽凍てゝ巌を落しけり」も。「かの世の雪」という表現を見出した時にこの句の境地が定まったのです。普羅は友人飯田蛇笏と共に山岳詠に秀でました。

飯田蛇笏　一八八五―一九六二

「はらりと」とあれば当然軽やかさを連想します。それを「おもき」と言った時、蛇笏はすすき一本の霊妙な重さを言いすえたのです。

くろがねの秋の風鈴《ふうりん》鳴りにけり

蛇笏《だこつ》

雪に来て美事《みごと》な鳥のだまり居る

石鼎《せきてい》

枯枝《かれえだ》ほきほき折るによし

放哉《ほうさい》

「くろがね」とは鉄のこと。この語そのものにどっしりした黒い音感があります。そのくろがねはここでは風鈴ですが、「くろがねの秋の」と続くため、秋そのものがどっしりと句の中で鳴ります。

原石鼎　一八八六―一九五一
「美事な鳥」とは？「雪に来て」とは枝の上？　地上？　俳句という極度に短い形式の秘密を心にくいまでに知っている作者です。よい俳句は読む側、聞く側の想像界で大きく膨らむことを知っているのです。

尾崎放哉　一八八五―一九二六
自由律の句。「ほきほき」がどう置き換えようもなく句の真中で光っています。放哉はまさにその名に値する世捨て人でした。

こしかたゆくすゑ雪あかりする　山頭火《さんとうか》

よろこべばしきりに落つる木《こ》の実《み》かな　風生《ふうせい》

片隅《かたすみ》で椿《つばき》が梅《うめ》を感じてゐる　耒井《らいせい》

種田山頭火　一八八二―一九四〇

「帰居」と題されています。大正末年から昭和十五年の死の直前まで漂泊し続けた山頭火の最晩年の作。松山市に一草庵という仮寓を得て定住した時の句です。彼は一草庵入居後十カ月して死にました。

富安風生　一八八五―一九七九

木の実が熟してばらばら落ちるさまを詠んでいますが、上句でいったん切れます。俳句ではこの切れが重要で、その結果「よろこべば」の主体は作者自身となりうるのです。つまり「私が喜べば」と。しかしこの句では、木の実も喜んで落ちるのが感じられます。この句がいつまでも古びない秘密の一つです。

林原耒井　一八八七―一九七五

俳句形式でなければ、これほどみごとに自然界の息づかいを諧謔こめて詠むことは難かしそうです。

たわたわとうすら氷《ひ》にのる鴨《かも》の脚《あし》

蒼石《そうせき》

ゆきふるといひしばかりの人しづか

犀星《さいせい》

木《こ》がらしや目刺《めざし》にのこる海のいろ

龍之介《りゅうのすけ》

松村蒼石　一八八七―一九八二

今にも砕けそうな薄氷に鴨の脚が乗っているさまを「たわたわと」という擬態語で言いとめているのですが、この語は鴨の水かきの開いたさまをも、危うい薄氷の揺れをも、そしてあたりの空気をも、一度に表現し得ています。

室生《むろ》犀星　一八八九―一九六二

作者に向かって、雪が降っていますねと言った人は誰なのか、隠されています。二人の対座している部屋の障子は雪明かりがしているでしょう。省略されたものの多さが、句に艶やかな閑寂味をもたらしています。

芥川龍之介　一八九二―一九二七

「長崎より目刺をおくり来れる人に」と前書があり、上出来の挨拶句。前書なしでもみごとな作。

竹馬《たけうま》やいろはにほへとちり〴〵に　万太郎《まんたろう》

湯豆腐《ゆどうふ》やいのちのはてのうすあかり　万太郎《まんたろう》

朝顔《あさがお》や濁《にご》り初《そ》めたる市《いち》の空　久女《ひさじょ》

久保田万太郎　一八八九―一九六三
竹馬は子供の遊び(冬の季語)。「いろはにほへと」を一緒になった幼い仲間が、やがて「色はにほへど散りぬるを」の歌詞さながら「ちり〴〵に」散ってゆく。いろは歌を踏んで下町少年の感傷を余情豊かに詠んでいます。

湯豆腐が揺れているのを茫然として見守りながら、そのほの白さに「いのちのはてのうすあかり」を感じている老境。作者最晩年の句で、背景には伴侶を失った深い孤独の心境がありました。

杉田久女　一八九〇―一九四六
朝顔が清らかに開く夏の朝、人間世界はすでに忙しく動きはじめ、町の空も濁りそめて。

葛飾《かつしか》や桃《もも》の籬《まがき》も水田《みずた》べり

秋桜子《しゅうおうし》

最上川《もがみがわ》秋風簗《やな》に吹《ふ》きつどふ

秋桜子《しゅうおうし》

人それ〳〵書《しょ》を読んでゐる良夜《りょうや》かな

青邨《せいそん》

水原秋桜子　一八九二―一九八一
葛飾は隅田川東郊の水郷。作者は壮年のころこの地を愛してさかんに吟行しました。水田も豊かだった大正時代のことです。

「最上川早房の瀬にあそぶ」という前書がある句。秋桜子は第一句集『葛飾』以来、外界描写のみずみずしさによって、絵画における印象派・外光派によくなぞらえられました。旅の句が多いのもまた特徴の一つです。

山口青邨　一八九二―一九八八
「良夜」は秋の季語で、月の明るい夜のこと。特に十五夜、十三夜をいいます。「灯火親しむべし」と中国の詩人が詠んだのも秋の季節をほめたのでした。「人それ〳〵」に親しみ深さが溢れます。

くもの糸一《ひと》すぢよぎる百合《ゆり》の前　素十《すじゅう》

空をゆく一《ひ》とかたまりの花吹雪《はなふぶき》　素十《すじゅう》

夏の河《かわ》赤き鉄鎖《てっさ》のはし浸《ひた》る　誓子《せいし》

高野素十　一八九三―一九七六
法医学を専攻、同じ医学部で席を並べた秋桜子の手引きで俳句を始め、虚子門の俊才となりました。観察眼の鋭さ、表現の的確さは抜群。余計なものを捨て去る省略法に天性の勘が働いているのです。

花吹雪を詠もうとする人にとっては、いわば試金石ともいえる句ではないでしょうか。

山口誓子　一九〇一―一九九四
誓子は俳句によっても都会的かつ社会的な主題を鮮やかに詠むことができるということを、実作によって誰よりも先に鮮やかに立証した俳人です。昭和時代の新興俳句運動に最大の示唆を与えた人が誓子だった理由もそこにありました。

蟋蟀《こおろぎ》が深き地中を覗《のぞ》き込《こ》む　誓子《せいし》

なつかしの濁世《じょくせ》の雨や涅槃像《ねはんぞう》　青畝《せいほ》

畑打《はたう》つや土よろこんでくだけけり　青畝《せいほ》

このコオロギは作者の心の中に住むコオロギでしょう。「深き地中」はもとより真暗。それをのぞきこんでいるコオロギは、孤独な魂そのもの。昭和十年代という時代背景、また三十代後半から四十代にかけて病身だった作者自身の心境をも読みとることができます。

阿波野青畝　一八九九―一九九二
陰暦二月十五日の涅槃会(ねはんえ)に、寺院では釈迦入寂の姿を悲嘆する衆生の姿とともに描いた図を掲げます。それが涅槃像。仏から見ればこの世は濁世。しかし春雨に包まれて涅槃像を拝するとき、濁世もまた懐かしい限りです。

「畑打」は春の季語。砕かれてゆく土が喜ぶという視点が面白い。

瀧《たき》の上に水現《あらわ》れて落ちにけり　夜半《やはん》

後藤夜半　一八九五―一九七六
大阪の箕面(みのお)自然公園を詠んだ句といいます。見上げている目に、滝はたしかにこの句のように落ちてきます。客観写生句の一代表作として知られる句。

蛙《かわず》の目越《こ》えて漣《さざなみ》又《また》さざなみ　茅舎《ぼうしゃ》

川端茅舎　一八九七―一九四一
春のさざなみの中に蛙の目がありますす。次から次にその目を越えてさざなみが打ち寄せます。絶えることのないその動きの中に、春があります。

朴散華《ほおさんげ》即《すなわ》ちしれぬ行方《ゆくえ》かな　茅舎《ぼうしゃ》

肺患で多年闘病生活をしていた茅舎の絶作のひとつ。病室の窓の外に朴の木があり、彼はたびたびその花を詠みました。散華して行方もしれぬ花に、自分自身の命の行方を重ね合わせていたはずです。

七夕《たなばた》や髪《かみ》ぬれしまま人に逢《あ》ふ　多佳子《たかこ》

白露《しらつゆ》や死んでゆく日も帯締《おびし》めて　鷹女《たかじょ》

水枕《みずまくら》ガバリと寒い海がある　三鬼《さんき》

橋本多佳子　一八九九―一九六三
七夕伝説は一年に一度だけ許されて会う二つの星の物語。この句の「人」が実際にどんな人だったのかは別として、句そのものから立ち昇ってくる情緒は恋の情緒です。天の織女星の髪も、天の河の川波に濡れていたでしょう。

三橋鷹女　一八九九―一九七二
女性の俳人で鷹女ほど強気で孤高の句を作った人もいませんでした。この句の凜とした姿勢は実に印象的。「夏痩せて嫌ひなものは嫌ひなり」という句もあります。

西東《さいとう》三鬼　一九〇〇―一九六二
作者の代表作として有名。この句の季語は「寒い」で冬ですが、三鬼はむしろ「ガバリ」という音の寒さを意識していただろうと思われます。

中年や遠くみのれる夜の桃《もも》　三鬼《さんき》

咳《せき》の子のなぞなぞあそびきりもなや　汀女《ていじょ》

ところてん煙《けむり》の如《ごと》く沈《しず》み居《お》り　草城《そうじょう》

「中年」とは？という問いに俳句で答えた作だともいえましょう。遠くでたっぷりした果実に育ってゆく夜の桃、それを一人思いえがいている「中年や」の心境。エロスに加えて郷愁や悔恨その他。

中村汀女　一九〇〇―一九八八
風邪で寝ている子が、母親になぞなぞ遊びをいどみ、咳きこみながらも、母親を離そうとはしないのです。主婦であることと一流俳人であることを最も幸福な形で調和させたのは汀女でした。

日野草城　一九〇一―一九五六
京大在学中の作。「煙の如く」とはところてんが水の中に沈んでいるさまを言い得て妙。草城は句友鈴鹿野風呂の家でこの時はじめてところてんを見たのだそうです。

鼻の穴涼《あなすず》しく睡《ねむ》る女かな

草城《そうじょう》

六月の氷菓一盞《ひょうかいっさん》の別《わか》かな

草田男《くさたお》

秋の航一大紺円盤《いちだいこんえんばん》の中

草田男《くさたお》

「涼し」で夏の季語。昼寝している女でしょう。彼女の寝姿を全体として表現するのでなく、「鼻の穴」という部分だけでみごとに描ききった感があるところが、俳人としての腕の冴えです。

中村草田男　一九〇一―一九八三
アイスクリームか、それともかき氷か、ガラス容器の中の氷菓を互いに食べながら、しばらくの別れを惜しむのです。夏休みで帰省する学生同士のように思われます。

大海原を船で渡ってゆく時、周囲に広がる秋の海はまさに「一大紺円盤」。草田男は漢語調の語句を効果的に使うことに秀でていました。音読みの語には張りがあります。

永《なが》き日のにはとり柵《さく》を越《こ》えにけり　不器男《ふきお》

しんしんと寒さがたのし歩みゆく　立子《たつこ》

本買へば表紙が匂《にお》ふ雪の暮《くれ》　林火《りんか》

芝不器男　一九〇三―一九三〇
「永き日」「日永」は春の季語。鶏が柵を越える動作の中に、春の日永ののどかさ、明るさを見出しています。一見変哲もない写生のようですが、実際は春の気分をとらえているのです。

星野立子　一九〇三―一九八四
口をついて出た言葉がそのまま俳句になっているといった感じの句をたくさん作った人です。この句もそれ。この自然体はもって生まれた麗質としか言いようがありません。高浜虚子の次女。

大野林火　一九〇四―一九八二
新しい本を買った心のときめき、それがこの句の表現しようとしているものでしょう。「雪の暮」で表紙のかおりがしっとりとにおい立つのが感じられます。

少年や六十年後《ご》の春の如《ごと》し

耕衣《こうい》

冷《ひや》されて牛の貫禄《かんろく》しづかなり

不死男《ふじお》

雉子《きじ》の眸《め》のかうかうとして売られけり

楸邨《しゅうそん》

永田耕衣　一九〇〇―一九九七

禅語のような謎めいた魅力をもつ句です。「六十年後の春」とはどんな春なのか、などと問うてみても無駄。この「少年」こそ、そのままで六十年後の春を思わせると作者は言うのです。

秋元不死男　一九〇一―一九七七

「牛洗う・牛冷す」は夏の季語。農作業を終えた牛を近くの川で水につからせ、休ませているのですが、そうしてみるとあらためて堂々たる静かな貫禄に気づきます。

加藤楸邨　一九〇五―一九九三

「雉子」の繁殖期は春で、季語も春ですが、この句は猟の獲物の雉子です。猟期は十一月から二月、そこで獲物の雉子の季は冬となります。「かうかう」は耿々。緊迫感、悲愴感にみちた秀吟です。

鮟《あん》鱇《こう》の骨《ほね》まで凍《い》ててぶち切らる　楸《しゅう》邨《そん》

朝顔《あさがお》の紺《こん》のかなたの月日かな　波《は》郷《きょう》

吹《ふ》きおこる秋風鶴《つる》をあゆましむ　波《は》郷《きょう》

鮟鱇は不格好な魚で、吊し切りにします。普通ならぐにゃぐにゃした鮟鱇ですが、ここでは「骨まで凍てて」いるというのです。戦後まもない時期の作で、当時長らく病臥中だった作者の自画像とも読めます。

石田波郷　一九一三―一九六九

朝顔の花の紺色はじつに美しいものです。その澄明な紺色のかなたにあると作者が言っている月日は、望郷の念にも似た思いで振返る過去の歳月でしょう。

丹頂鶴でしょう。鶴の歩む姿は高雅なものですが、この句もそれに劣らず品格の高い秀吟で、波郷が主宰した俳誌『鶴』の名もこの句に由来するといいます。

しんしんと肺碧《はいあお》きまで海の旅　鳳作《ほうさく》

金粉《きんぷん》をこぼして火蛾《かが》やすさまじき　たかし

羅《うすもの》をゆるやかに着て崩《くず》れざる　たかし

篠原鳳作　一九〇六―一九三六
無季俳句の傑作として知られます。鹿児島生まれの南国人、沖縄や鹿児島で中学教師をつとめるかたわら、新興俳句運動の有力な作者でした。「肺まで碧き」なら平凡な句。「肺碧きまで」が大事な所。

松本たかし　一九〇六―一九五六
火に慕い寄る蛾が「火蛾」。みずからの命を危険にさらしても、鱗粉を散らしながら火に突入する蛾に、生きものの不思議な生命力の発露を見、驚異の目をみはっています。作者は能役者の家に生まれながら、病弱のため能を断念して虚子門の俳人となった人。

うすぎぬの着物を「ゆるやかに」着て、しかもきりっとして「崩れざる」姿の、気品高い女性像。

ふりむけば障子《しょうじ》の桟《さん》に夜《よ》の深さ　素《そ》逝《せい》

しぐるるや駅に西口《にしぐち》東口《ひがしぐち》　敦《あつし》

いま落ちし氷柱《つらら》が海に透《す》けてをり　鶏二《けいじ》

長谷川素逝　一九〇七―一九四六

「障子」は冬の季語。しんしんと冷えしまる冬の夜、ふとふりむいて、障子の桟に夜の深さを見たのです。胸を病んで四十歳で死んだ俳人で、病者の感覚の鋭敏さを感じさせるような句です。

安住(あずみ)敦　一九〇七―一九八八

理屈っぽく読めば、「それがどうした」ということになりそうですが、「しぐれ」の情緒は古来日本の詩歌では長く愛されてきたもので、「駅に西口東口」の一種飄々とした味わいと結びついて、都会のしぐれの洒落た句と感じられます。

橋本鶏二　一九〇七―一九九〇

岩を滑り落ちた氷柱が、すぐには溶けず、そのままの形で海中でしばらく透けている光景。新鮮な驚きがそのまま句になったのです。

戦争が廊下《ろうか》の奥《おく》に立つてゐた　白泉《はくせん》

ゆるやかに着てひとと逢《あ》ふ蛍《ほたる》の夜《よ》　信子《のぶこ》

谷に鯉《こい》もみ合う夜の歓喜《かんき》かな　兜太《とうた》

渡辺白泉　一九一三―一九六九
戦争という巨大な現実が、廊下の奥という小さな日常生活の片隅に「立つてゐた」。あり得ない遭遇が惹き起こす驚きがこの句の命ですが、考え直してみれば、戦争はいつもこのようにして私たちの生活の中に入ってきます。昭和十年代前半の新興俳句運動の旗手。

桂信子　一九一四―二〇〇四
女性の官能のみずみずしいあらわれを詠んで独特な作風を築いた俳人です。ほたるが舞う初夏の夜の情感が溢れています。

金子兜太　一九一九―二〇一八
無季の句です。せまい谷間で鯉がもみ合っている、その騒然たる命のひしめき。性的な意味合いをもった生命讃歌と読めます。

除夜《じょや》の妻《つま》白鳥のごと湯浴《ゆあ》みをり

澄雄《すみお》

せつせつと眼《め》まで濡《ぬ》らして髪洗《かみあら》ふ

節子《せつこ》

朧夜《おぼろよ》のむんずと高《たか》む翌檜《あすなろう》

龍太《りゅうた》

森澄雄　一九一九―二〇一〇
戦後昭和二十九年の作。武蔵野の片隅で、板敷きの六畳一間に親子五人で暮らしていたといいます。それを念頭に置いて見れば、一層この句のよさがわかる気がします。

野沢節子　一九二〇―一九九五
髪を洗う女性は自分自身に没頭しているようです。その一心不乱な姿を、作者は「せつせつと」と自己表現しました。さまざまな思いがこもった言葉です。作者は少女期に脊椎カリエスを病み、二十四年間闘病生活を送った人。

飯田龍太　一九二〇―二〇〇七
快い湿りをおびた春の朧夜、アスナロの若木が一晩で「むんずと」伸びる爽快さ。作者の句は颯爽たる鋭気を秘めて柄が大きい所に特長があります。

いつせいに柱の燃ゆる都かな　敏雄《としお》

押《お》し合《お》うて海を桜《さくら》のこゑわたる　展宏《てんこう》

紅梅《こうばい》や枝々《えだえだ》は空奪《うば》ひあひ　狩行《しゅぎょう》

三橋敏雄　一九二〇—二〇〇一
無季の句です。直接には昭和二十年三月十日の東京大空襲が作者の念頭にあるでしょうが、歴史を超えて、あまたの都の焼亡の悲劇を思い浮かばせる句です。

川崎展宏　一九二七—二〇〇九
津軽で詠んだ句です。満開の桜に、陸地の終わった所からなおもその先まで伸びてゆこうとする勢いを感じたのです。桜の声なき声が、押し合いひしめき合って海を北へと渡ってゆく幻。

鷹羽(たか は)狩行　一九三〇〜
紅梅の花がどの枝にもびっしり咲いている光景。それをいうのに、枝それぞれが空を奪いあっていると表現したとき、紅梅の生命力も、空の青さも同時に表現されました。

近・現代詩

山林に自由存《そん》す

国木《くにき》田《だ》独歩《どっぽ》

山林に自由存す
われ此句《このく》を吟《ぎん》じて血のわくを覚《おぼ》ゆ
嗚呼《ああ》山林に自由存す
いかなればわれ山林を見すてし

あくかれて虚栄《きょえい》の途《みち》にのぼりしより
十年《ととせ》の月日塵《ちり》のうちに過ぎぬ
ふりさけ見れば自由の里は

一八七一(明4)―一九〇八(明41)
千葉県生まれ
『抒情詩』(明30)所収

あくかれて＝あこがれて。

ふりさけ見れば＝ふりあおいで遠くを見ると。

すでに雲山《うんざん》千里の外にある心地す
　眥《まなじり》を決して天外をのぞめば
をちかたの高峰《こうほう》の雪の朝日影《あさひかげ》
嗚呼《ああ》山林に自由存す
われ此句を吟じて血のわくを覚ゆ

なつかしきわが故郷《ふるさと》は何処《いずこ》ぞや
彼処《かしこ》にわれは山林の児《こ》なりき
顧《かえり》みれば千里《せんり》江山《こうざん》
自由の郷《さと》は雲底《うんてい》に没《ぼっ》せんとす

雲山千里の外＝はるかかなた。
眥を決して＝目をしっかり見
　ひらいて。
天外＝空のかなた。
をちかた＝遠方。
朝日影＝朝日の光。
千里江山＝遠くはなれた大河
　と山。
雲底＝雲のかなた。

＊　この独歩の作と、巻末の辻征夫の作を比べてみると、わずか百年の間に日本の詩の語り口がどんなに変わったかが分かります。「眥を決して」なんて言葉は、現代の詩人はパロディとしてしか書けませんね。でも「いかなればわれ山林を見すてし」という行は、当時よりも今のほうが、より切実にひびくような気もします。

おほいなる手のかげ

土《ど》井《い》晩《ばん》翠《すい》

月しづみ星かくれ
嵐《あらし》もだし雲眠《ねむ》るまよなか
見あぐる高き空の上に
おほいなる手の影《かげ》あり。

百万の人家みなしづまり
煩悩《ぼんのう》のひゞき絶ゆるまよなか
見あぐる高き空の上に

一八七一(明4)—一九五二(昭27)
宮城県生まれ
『晩鐘』(明34)所収

もだし＝黙して。しずまって。

煩悩＝心身にまといつく迷いや欲望。

おほいなる手の影あり。
ああ人界《じんかい》の夢《ゆめ》に遠き
神秘《しんぴ》の暗《やみ》のあなたを指して
見あぐる高き空の上に
おほいなる手の影あり。

＊ 晩翠というと、破れ帽子にマントをはおり、朴歯という高下駄をつっかけた昔の高校生の姿が浮かんできます。七五調で書かれた文語体の詩を、酒に酔って高らかに吟ずるその姿に、私なども一種の郷愁を禁じえません。そのころは詩の世界にまだ韻文が生きていたのです。

初恋《はつこい》

島崎藤村《しまざきとうそん》

まだあげ初《そ》めし前髪《まえがみ》の
林檎《りんご》のもとに見えしとき
前にさしたる花櫛《はなぐし》の
花ある君と思ひけり

やさしく白き手をのべて
林檎をわれにあたへしは
薄紅《うすくれない》の秋の実に

一八七二（明5）―一九四三（昭18）
長野県生まれ
『若菜集』（明30）所収
あげ初めし前髪＝子どものときにたらしていた前髪を、十三、四歳になって結いあげたばかりであること。
花櫛＝髪飾りにする、差し櫛。
のべて＝のばして。

人こひ初めしはじめなり

わがこゝろなきためいきの
その髪の毛にかゝるとき
たのしき恋の盃《さかずき》を
君が情《なさけ》に酌《く》みしかな

林檎畠《りんごばたけ》の樹《こ》の下に
おのづからなる細道は
誰《た》が踏《ふ》みそめしかたみぞと
問ひたまふこそこひしけれ

＊　すぐれた詩は万人に愛誦されるといいますが、今では「愛誦」の代りに「愛読」と言い直さねばならないようですね。知らず知らずのうちに暗誦してしまって、ふとしたときに口をついて出てくるというのが、散文とちがう詩のだいご味でした。口ずさむのと目で読むのとのちがいは、大きいと思います。

ああ大和《やまと》にしあらましかば

薄田《すすきだ》泣菫《きゅうきん》

ああ、大和《やまと》にしあらましかば、
いま神無月《かみなづき》、
うは葉散《ばち》り透《す》く神無備《かみなび》の森の小路《こみち》を、
あかつき露《づゆ》に髪《かみ》ぬれて、往《ゆ》きこそかよへ、
斑鳩《いかるが》へ。平群《へぐり》のおほ野《の》、高草《たかくさ》の
黄金《こがね》の海とゆらゆる日、
塵居《ちりい》の窓《まど》のうは白《じら》み、日ざしの淡《あわ》に、
いにし代《よ》の珍《うず》の御経《みきょう》の黄金文字《こがねもじ》、

一八七七(明10)—一九四五(昭20)
岡山県生まれ
『白羊宮』(明39)所収

大和にしあらましかば＝大和(現在の奈良県)にいるならば。
神無月＝陰暦十月。
神無備＝神がいらっしゃる山や森。
斑鳩＝奈良県の地名。聖徳太子の造営した斑鳩宮があった。
平群＝奈良県の地名。
塵居＝ちりがたまっている。
いにし代＝昔、古い時代。
珍の＝貴く立派な。

百済緒琴《くだらおごと》に、斎《いわ》ひ瓮《べ》に、彩画《だみえ》の壁《かべ》に
見ぞ恍《ほ》くる柱がくれのたたずまひ、
常花《とこばな》かざす芸の宮、斎殿深《いみどのふか》に、
焚《た》きくゆる香《か》ぞ、さながらの八塩折《やしおおり》
美酒《うまき》の甕《みか》のまよはしに、
さこそは酔《え》はめ。

新墾路《にいばりみち》の切畑《きりはた》に、
赤ら橘《たちばな》葉がくれに、ほのめく日なか、
そことも知らぬ静歌《しずうた》の美《うま》し音色《ねいろ》に、
目移《めうつ》しの、ふとこそ見まし、黄鶲《きひたき》の
あり樹《き》の枝《えだ》に、矮人《ちいさご》の楽人《あそびお》めきし
戯《ざ》ればみを。尾羽《おば》身がろさのともすれば、

百済緒琴＝百済琴。ハープ系の弦楽器。
斎ひ瓮＝神に供える酒を入れるかめ。
彩画＝ふすまや壁などの大きい面に、金銀極彩を使って描かれた絵画の様式。
恍くる＝ぼうっとする。うっとりする。
常花＝永久に咲いている花。
斎殿＝神官が身をきよめるためにこもる建物。
八塩折＝いく度もくり返すこと。ここでは、くりかえし熟成させたうまい(酒)。
新墾路＝新しく切りひらいた道。
切畑＝山腹などに切りひらいた畑。
矮人＝小人。
楽人＝雅楽を奏する人。

葉の漂《ただよ》ひとひるがへり、
籬《ませ》に、木《こ》の間《ま》に、——これやまた、野の法子児《ほうしご》の
化《け》のものか、夕寺深《ゆうでらふか》に声《こわ》ぶりの、
読経《どきょう》や、——今か、静《しず》こころ
そぞろありきの在《あ》り人《びと》の
魂《たましい》にしも沁《し》み入らめ。

日は木《こ》がくれて、諸《もろ》とびら
ゆるにきしめく夢殿《ゆめどの》の夕庭寒《ゆうにわさむ》に、
そそ走《ばし》りゆく乾反葉《ひそりば》の
白膠木《ぬるで》、榎《え》、楝《おうち》、名こそあれ、葉広菩提樹《はびろぼだいじゅ》、
道ゆきのさざめき、諳《そら》に聞きほくる
石廻廊《いしわたどの》のたたずまひ、振《ふ》りさけ見れば、

籬＝竹や木でつくった目のあらい低い垣根。
法子児＝聖なる自然の子。
化のもの＝別の姿を現わしたもの。

石廻廊＝石を敷いた回り廊下。

高塔《あららぎ》や、九輪《くりん》の銹《さび》に入日《いりひ》かげ、
花に照り添《そ》ふ夕ながめ、
さながら、緇衣《しえ》の裾《すそ》ながに地に曳《ひ》きはへし、
そのかみの学生《がくじょう》めきし浮歩《うけあゆ》み、――
ああ大和にしあらましかば、
今日神無月、日のゆふべ、
聖《ひじり》ごころの暫《しば》しをも、
知らましを、身に。

高塔＝高い塔。
九輪＝仏塔の一ばん上にある装飾で、九つの輪の部分。
入日かげ＝夕日の光。
緇衣＝僧の着る、墨染めの衣。
そのかみの＝むかしの。
学生＝仏典を学ぶ僧。

＊　一語一語の意味はよく分からなくても、こういう調べには私たち世代の者でも、懐しさと快さを感じます。頭でする理解や解釈とはまた少々異なる詩の味わいの深さ、活字とちがって肉声はそれを私たちに教えてくれます。この作の七五調とはちがう、日本語の綿々たる口説きの調べには、現代に通ずる可能性もかくされているような気がします。

君死にたまふことなかれ

旅順口《りよじゆんこう》包囲軍の中に在《あ》る弟を歎《なげ》きて

与謝野晶子《よさのあきこ》

あゝをとうとよ、君を泣《な》く、
君死にたまふことなかれ、
末に生れし君なれば
親のなさけはまさりしも、
親は刃《やいば》をにぎらせて
人を殺せとをしへしや、
人を殺して死ねよとて
二十四までをそだてしや。

一八七八(明11)―一九四二(昭17)
大阪生まれ
『恋衣』(明38)所収

旅順=中国の遼東半島南端にある町。日露戦争の激戦地。
をとうと=晶子の二歳年下の実弟籌三郎。

堺《さかい》の街《まち》のあきびとの
旧家《きゅうか》をほこるあるじにて
親の名を継《つ》ぐ君なれば、
君死にたまふことなかれ、
旅順の城はほろぶとも、
ほろびずとても、何事ぞ、
君は知らじな、あきびとの
家のおきてに無《な》かりけり。

君死にたまふことなかれ、
すめらみことは、戦ひに
おほみづからは出《い》でまさね、

あきびと＝商人。

すめらみこと＝天皇。

かたみに人の血を流し、
獣《けもの》の道に死ねよとは、
死ぬるを人のほまれとは、
大みこゝろの深ければ
もとよりいかで思《おぼ》されむ。

あゝをとうとよ、戦ひに
君死にたまふことなかれ、
すぎにし秋を父ぎみに
おくれたまへる母ぎみは、
なげきの中に、いたましく
わが子を召《め》され、家を守《も》り、
安《やす》しと聞ける大御代《おおみよ》も

かたみに＝たがいに。
大みこゝろ＝天皇の心。
すぎにし秋＝去年の秋。
おくれ(たまへ)る＝先だたれる。
大御代＝天皇の治めるこの時代。

母のしら髪《が》はまさりぬる。
暖簾《のれん》のかげに伏《ふ》して泣く
あえかにわかき新妻《にいづま》を、
君わするるや、思へるや、
十月《とつき》も添《そ》はでわかれたる
少女《おとめ》ごころを思ひみよ、
この世ひとりの君ならで
あゝまた誰《たれ》をたのむべき、
君死にたまふことなかれ。

添はで＝連れ添わないで。
たのむ＝頼りにする。

＊　反戦詩として有名な作ですが、この詩のもつ力は七五七五のくり返しの韻律をぬきにしては考えられません。ただこういう調子の良さは、この詩とは正反対の主題、内容をも支えてしまうということも事実で、そこに韻文というもののむずかしさがあります。いわゆる十五年戦争中にも、多くのいわゆる戦争詩が七五調で書かれたのです。

ぼろぼろな駝鳥《だちょう》

高村光太郎《たかむらこうたろう》

何が面白くて駝鳥を飼《か》ふのだ。
動物園の四坪半《よつぼはん》のぬかるみの中では、
脚《あし》が大股《おおまた》過ぎるぢやないか。
頸《くび》があんまり長過ぎるぢやないか。
雪の降る国にこれでは羽《はね》がぼろぼろ過ぎるぢやないか。
腹がへるから堅《かた》パンも食ふだらうが、
駝鳥の眼《め》は遠くばかり見てゐるぢやないか。
身も世もない様に燃えてゐるぢやないか。

一八八三(明16)―一九五六(昭31)
東京生まれ
彫刻家

瑠璃色《るりいろ》の風が今にも吹《ふ》いて来るのを待ちかまへてゐる
　ぢやないか。
あの小さな素朴《そぼく》な頭が無辺大《むへんだい》の夢《ゆめ》で逆《さか》まいてゐるぢや
　ないか。
これはもう駝鳥ぢやないぢやないか。
人間よ、
もう止《よ》せ、こんな事は。

無辺大＝はてしなく広大な。

＊　文語体の詩を読んでくると、この口語体の光太郎の作が実に新鮮にひびきます。「……ぢやないか」という、平俗な語り口が一種の脚韻的効果をもっています。韻文から離れたことで詩は崇高さを失ったかもしれませんが、解放感や親しみやすさを得たということが、よく分かります。

春の河

山村《やまむら》暮鳥《ぼちょう》

たつぷりと
春の河は
ながれてゐるのか
ゐないのか
ういてゐる
藁《わら》くづのうごくので
それとしられる

一八八四（明17）―一九二四（大13）
群馬県生まれ
『雲』（大14）所収

おなじく

春の、田舎《いなか》の
大きな河をみるよろこび
そのよろこびを
ゆつたりと雲のやうに
ほがらかに
飽《あ》かずながして
それをまたよろこんでみてゐる

おなじく

たつぷりと

春は
小さな川々まで
あふれてゐる
あふれてゐる

＊　こういうのんきな口調にひそむそこはかとないユーモア、いわゆる定型でない自由詩にも調べやリズムはあって、それは作者の生理をより直接的に反映するように思います。「川々」というような、日本語の伝統にない複数形の、舌足らずなところがういういしいとも思えますが、こういう新しい語法を不快と感ずる人もいるでしょう。

宵《よい》待《まち》草《ぐさ》

竹《たけ》久《ひさ》夢《ゆめ》二《じ》

まてどくらせどこぬひとを
宵待草のやるせなさ
こよひは月もでぬさうな。

一八八四(明17)—一九三四(昭9)
岡山県生まれ
画家

宵待草＝オオマツヨイグサの異称。
こよひ＝今夜。

＊　日本の伝統音楽はすべて言葉を伴っていて、純粋な器楽はほとんど発達しなかったということですが、この夢二の作もどこか三味線にのせて口ずさみたいような音楽性をかくしています。音読された日本語の奥に、そういう日本音楽の伝統がかくれていることを、忘れることはできないでしょう。

角《つの》を吹《ふ》け

北《きた》原《はら》白《はく》秋《しゅう》

わが佳耦《とも》よ、いざともに野にいでて
歌はまし、水牛《すいぎゅう》の角を吹け。
視《み》よ、すでに美果実《みくだもの》あからみて
田にはまた足穂《たりほ》垂《た》れ、風のまに
山鳩《やまばと》のこゑきこゆ、角を吹け。
いざさらば馬《ば》鈴薯《れいしょ》の畑《はた》を越《こ》え
瓜哇《ジャワ》びとが園に入り、かの岡《おか》に
鐘《かね》やみて蠟《ろう》の火の消ゆるまで

一八八五(明18)―一九四二(昭17)
福岡県生まれ
『邪宗門』(明42)「天草雅歌」
佳耦＝佳は「よい」、耦は「なかま、相手」の意。
歌はまし＝歌おう。
美果実＝「美」は、名詞につけて美称として用いる。
足穂＝みのって垂れている穂。
馬鈴薯＝じゃがいも。
瓜哇＝インドネシアの島の一つ。十七世紀からはオランダの東南アジア支配の基地。

無花果《いちじゅく》の乳《ち》をすすり、ほのぼのと
歌はまし、汝《な》が頸《くび》の角を吹け。
わが佳耦《とも》よ、鐘きこゆ、野に下りて
葡萄樹《ぶどうじゅ》の汁滴《つゆした》る邑《むら》を過ぎ、
いざさらば、パアテルの黒き袈裟《けさ》
はや朝の看経《つとめ》はて、しづしづと
見えがくれ棕櫚《しゅろ》の葉に消ゆるまで、
無花果《いちじゅく》の乳《ち》をすすり、ほのぼのと
歌はまし、いざともに角を吹け、
わが佳耦《とも》よ、起き来《きた》れ、野にいでて
歌はまし、水牛の角を吹け。

パアテル＝神父。ラテン語で父の意。
袈裟＝僧の衣服。
看経＝僧の日課としてのおつとめ。

＊ 同じ文語でも白秋のそれには、不思議なエキゾティシズムが感じられます。たとえば「パアテル」のような外来語だけでなく、漢字漢語にまで異文化の匂いがするのは、それらがもともと異国の文字であったからでしょうか。「水牛の角を吹け」という行には、白秋の愛した『まざあ・ぐうす』の中の一節、〈Little Boy Blue, Come blow your horn〉が、こだましているようです。

どちらが本当か

武者小路実篤《むしゃのこうじさねあつ》

天気よ
お前は
晴天なのが本当か
雨のふるのが本当か
曇天《どんてん》が本当か
風の吹《ふ》くのが本当か
吹かないのが本当か。

一八八五(明18)―一九七六(昭51)
東京生まれ
『白樺』(大12)所収

川よ
お前は
清いのが本当か
濁《にご》つてゐるのが本当か
激《げき》してゐるのが本当か
静かなのが本当か

私は知らないよ。

＊ 音読されるのを聞いていて、思わず吹き出さずにいられないという詩は、そう多くはありません。実篤のこの詩は、作者の人柄がそのまま笑いをさそうという稀有な一篇です。ノンセンスのようで、この問いかけは真実をついています。誰にでも分かる言葉で書くのはたやすいことではありませんが、その努力なしでは口から耳へ詩を伝えることはできないと思います。実篤は努力せずにそれが出来る人でしたが。

風

加《か》藤《とう》介《かい》春《しゅん》

風はおほきなあたまをした円い坊主《ぼうず》だ、
風は手もなく足もないばけもので
象のごとくのろ〳〵と歩いてゐるが、
すばやい奴《やつ》で葦《あし》の葉の二三本しげつた中にもかくれ
浅《あさ》い水のうへにも消えうせる、
それはみな草や木に化けるのだ。

風はよくおもしろい口笛《くちぶえ》を吹《ふ》いたり、

一八八五(明18)—一九四六(昭21)
福岡県生まれ

小娘《こむすめ》の白い足もとに悪戯《いたずら》をしたりする、
それはみな人間に化けるのだ。

見たまへさつき水の底にかくれた風だが、
すぐにまた向ふの土手にあらはれ
おほきなあたまを擡《もた》げてゐる。
そしてこちらをふりむいて笑《わろ》うてゐる。

擡げてゐる＝持ち上げている。

＊　明治の終わり、詩にも小説と同じように「言文一致」をめざす動きがあり、介春もその中心にいる一人でした。「現実の生活に切実に触れる」ことを欲するその動きは、小説における自然主義の主張と重なり、人間の裸の欲望をうたおうとする傾向が、詩の声をいっそう内面化し、個人化していったとも言えるでしょう。たからかに音読するよりも、呟きや黙読に適する詩が、このころからもう書き始められていたのです。

飛行機

石《いし》川《かわ》啄《たく》木《ぼく》

見よ、今日も、かの蒼空《あおぞら》に
飛行機の高く飛べるを。

給仕づとめの少年が
たまに非番の日曜日、
肺病《はいびょう》やみの母親とたつた二人の家にゐて、
ひとりせつせとリイダアの独学《どくがく》をする眼《め》の疲《つか》れ……

一八八六(明19)―一九一二(明45)
岩手県生まれ

非番＝当番でないこと。つとめのないこと。

リイダア＝英語の教科書。

見よ、今日も、かの蒼空に
飛行機の高く飛べるを。

＊　内容が新しくなっても、それを盛る器はおいそれとは変わらぬ一面がありました。文語体や七五調の呪縛から、日本の詩人はなかなか自由になれませんでした。是非はさておき自由詩と短歌や俳句を並行して書く詩人は、現代にもたくさんいます。

猫《ねこ》

萩原朔太郎《はぎわらさくたろう》

まつくろけの猫が二疋《ひき》、
なやましいよるの家根《やね》のうへで、
ぴんとたてた尻尾《しっぽ》のさきから、
糸のやうなみかづきがかすんでゐる。
『おわあ、こんばんは』
『おわあ、こんばんは』
『おぎやあ、おぎやあ、おぎやあ』
『おわああ、ここの家の主人は病気です』

一八八六(明19)—一九四二(昭17)
群馬県生まれ
『月に吠える』(大6)所収

家根=屋根。

＊ 朔太郎に至って、日本の詩はそれまでになかった新しい声を獲得したと言ってもいいでしょう。その声は人間のからだの奥深く根をおろしている声、無意識から発せられる声ともいうべきもので、それは読者の魂を高揚させ、むすびつける韻文の声とはちがい、むしろ読者をたがいに孤立させるような声でした。けれど、はっきりした形をもたないその声が、詩をさらに深く豊かな領域へとみちびいたのです。

秘《ひ》密《みつ》

千《せん》家《げ》元《もと》麿《まろ》

子供は眠《ねむ》る時
裸《はだか》になつた嬉《うれ》しさに
籠《かご》を飛び出した小鳥か
魔法《まほう》の箱《はこ》を飛び出した王子のやうに
家の中を非常な勢ひでかけ廻《まわ》る。
襖《ふすま》でも壁《かべ》でも何にでも頭でも手でも尻《しり》でもぶつけて
冷たい空気にぢかに触《ふ》れた嬉しさにかけ廻る

一八八八(明21)—一九四八(昭23)
東京生まれ
『自分は見た』(大7)所収

母が小さな寝巻《ねまき》をもつてうしろから追ひかける。
裸になると子供は妖精《ようせい》のやうに痩《や》せてゐる
追ひつめられて壁の隅《すみ》に息が絶えたやうにひつついて
　ゐる
まるで小さく、うしろ向きで。
母は秘密を見せない様に
子供をつかまへるとすばやく着物で包んでしまふ。

＊　どんなに詩が〈難解〉になろうと、いつの世にもその単純さゆえにまっすぐ心にとどく詩は存在します。元麿のこの詩もそのひとつです。ちっとも現代詩ふうではないのに、この作は現代の母子のスケッチとして読んでも、万人の胸を打ちます。ですがこの作のすばらしさを支えるのは、計算された言葉ではなく、作者自身の魂です。修辞に惑わされずにいることの大切さを、この作は教えてくれます。

夜までは

室生《むろう》犀星《さいせい》

男といふものは
みなさん　ぶらんこ・ぶらんこお下げになり、
知らん顔して歩いてゐらつしやる。
えらいひとも、
えらくないひとも、
やはりお下げになつてゐらつしやる。
恥《はず》かしくも何ともないらしい、
お天気は好《い》いしあたたかい日に、

一八八九(明22)―一九六二(昭37)
石川県生まれ
『昨日いらつしつて下さい』(昭34)所収

ぶらんこさんは包まれて、
包まれたうへにまた叮嚀《ていねい》に包まれて、
平気で何食はぬ顔で歩いてゐらつしやる。
お尋《たず》ねしますがあなた様は今日は
何処《どこ》で誰方《どなた》にお逢《あ》ひになりました。
街《まち》にはるかぜ　ぶらんこさんは
上機嫌《じょうきげん》でうたつてゐらつしやる。

＊　あの苦虫をかみつぶしたような顔の犀星さんに、こういう作のあることが嬉しい。主題も素材も大切ですが、詩は何よりも語り口だということがよく分かります。こういうのを言葉の名人というのでしょうね。題名がまた意味深長。

犯罪《はんざい》地帯

佐《さ》藤《とう》惣《そう》之《の》助《すけ》

るるるると、ひとつの眼《め》が想像され
あかるい丘《おか》の地平に
みら〳〵とひとつの木がもえ
きいろい花がきら〳〵
そのひとつの眼に葉がかかり
ほうとして
はるかな海港のけむりがのぼると
さらにひとりの男がとほり

一八九〇（明23）―一九四二（昭17）
神奈川県生まれ

男はうす〳〵と犬のやうに消えてゆき
又《また》もひとつの眼が想像され
その眼のまつ毛のさきに
ひるがほが、るるるるとふるへ
その眼も同じやうに、るるるるとふるへ。

＊ なんだかルネ・マグリットの絵のような作です。耳から聞いても、この詩のイメージははっきり伝わってきますが、その視覚的なものが、「るるるる」とか「みら〳〵」とかの聴覚的な擬声語の色彩によっても支えられているのが面白い。目と耳は対立しているようで、通じ合ってもいます。

少年の日

佐《さ》藤《とう》春《はる》夫《お》

1

野ゆき山ゆき海辺《うみべ》ゆき
真ひるの丘《おか》べ花を敷《し》き
つぶら瞳《ひとみ》の君ゆゑに
うれひは青し空よりも。

一八九二(明25)―一九六四(昭39)
和歌山県生まれ
『殉情詩集』(大10)所収

2

影《かげ》おほき林をたどり
夢《ゆめ》ふかきみ瞳《ひとみ》を恋《こ》ひ
あたたかき真昼の丘べ
花を敷き、あはれ若《わか》き日。

3

君が瞳はつぶらにて
君が心は知りがたし。
君をはなれて唯《ただ》ひとり
月夜の海に石を投ぐ。

4

君は夜《よ》な夜な毛糸編む
銀の編み棒《ぼう》に編む糸は
かぐろなる糸あかき糸
そのラムプ敷き誰《た》がものぞ。

かぐろなる＝くろぐろとしている。

＊　春夫には『車塵集』という中国詩の名訳もあります。また彼はもちろん口語体でも詩を書いています。漢文、文語、口語を使いこなすことのできた春夫のような詩人に比べると、口語しか使えぬ現代詩人の多くは、日本語という宝の持ち腐れということになるのではないかと思うことがあります。

ひるのゆめ

スケルツオ

堀《ほり》口《ぐち》大《だい》學《がく》

みほとけは　おわしますかな
みあかしの　かそけきあたり
ひざたてて　ほおづえあでに
まえはだけ　らちなきすがた
おみなども　はじらうさまよ

みほとけは　ありがたきかな
おろがめば　ほほえみましぬ

一八九二(明25)―一九八一(昭56)
東京生まれ
『月かげの虹』(昭46)所収

スケルツオ＝イタリア語。バロック時代に発達したユーモラスで軽快な声楽曲、または楽器小品。諧謔曲。

みあかし＝明り。

あでに＝あでやかに。

らちなき＝だらしない。

おみな＝女。


おろがめば＝拝めば。

きぬすきて　おんはだあらわ
なにおもう　ゆめのみひとみ
くちびるは　ほのおとあかし

みほとけは　ありがたきかな
おろがめば　まねきてのらす
〈よれちこう　まっせのゆうし
ぜになげて　うちふせ　さては
ごくらくは　ここよりぞいる〉

きぬすきて＝衣が透けて。

のらす＝おっしゃる。
よれちこう＝近くに寄りなさい。
まっせのゆうし＝末世の遊子。

＊　漢字漢語にはまだどこか外国語のようなもどかしさがあると思うのは私だけでしょうか。それに比べると、ひらがなには私たち日本人の生活とからだに根づいた安らぎと切実さがあるように感じます。大學のこの作のあでやかなエロティシズムは、ひらがなによってしか表現できなかったものでしょう。

ふるさとにて

田《た》中《なか》冬《ふゆ》二《じ》

ほしがれひをやくにほひがする
ふるさとのさびしいひるめし時だ

板屋根に
石をのせた家々

ほそぼそと　ほしがれひをやくにほひがする
ふるさとのさびしいひるめし時だ

一八九四(明27)―一九八〇(昭55)
福島県生まれ
『青い夜道』(昭4)所収
ほしがれひ＝鰈の干物。

がらんとしたしろい街道《かいどう》を
山の雪売りが　ひとりあるいてゐる

少年の日郷土越中《えっちゅう》にて

山の雪売り＝夏に、山の雪を売りにくる行商人。
郷土越中＝このふるさとは自分の生まれた福島ではなく、父母の出身地である富山県。

＊　行分けせずに表記すれば、散文ともとられかねないこの作にも、作者独自の調べとリズムがかくされています。そのような日本語の微妙な音楽性は、黙読によってもからだのうちに感じとれるものですが、音読によってよりいっそうはっきりするでしょう。七五定型によらない日本語の音楽性、それを聞きとることのできる耳と心を失いたくないと思います。

雨

西脇順三郎《にしわきじゅんざぶろう》

南風は柔《やわら》かい女神《めがみ》をもたらした
青銅をぬらした　噴水《ふんすい》をぬらした
ツバメの羽《はね》と黄金《おうごん》の毛をぬらした
潮《しお》をぬらし　砂《すな》をぬらし　魚をぬらした
静かに寺院と風呂場《ふろば》と劇場《げきじょう》をぬらした
この静かな柔い女神の行列が
私の舌をぬらした

一八九四(明27)―一九八二(昭57)
新潟県生まれ
『Ambarvalia』(昭8)所収

＊ 日本に移植されたシュルレアリズムは、イメージの面では長期にわたり深い影響を日本の詩に与えていますが、音声面での影響はほとんどなかったと言えるのではないでしょうか。順三郎のこの作は、いわば穏和なシュルレアリスティックな方法で書かれていて、「もたらした」「ぬらした」の脚韻的効果も、意図されたものではないように思われます。

愛情　8

――貴妃《きひ》屁《ひ》

金子《かね こ》光晴《みつ はる》

なにを申しても、もう
太真《たいしん》はゐない。

あのゆたかで、柔《やわ》らかい
玉のお尻《しり》は、世にないのだ。

あのお尻からもれる
疳高《かんだか》いおならを、

一八九五(明28)―一九七五(昭50)
愛知県生まれ
『愛情　69』(昭43)所収
貴妃屁＝「屁」は「屁」に同じ。
太真＝唐の玄宗皇帝の妃、楊貴妃(ようきひ)のこと。

一つ、二つ、三つ、四つと
そばで数取りしてゐた頃《ころ》の
萬歳爺《こうてい》々のしあはせは
四百余州《よしゅう》もかへがたかつた。

〝十三とは、縁起《えんぎ》がよくないよ
たのむ、もう一つきばつておくれ〟

太真が、愁眉《しゅうび》をよせて
息ばる顔がまた、絶景だつたが。

愁眉＝うれいをふくんだまゆ。

＊ 光晴に限らず、ここに収録した他の詩人たちには、収録作以外にすぐれた代表作が多々ありますが、このアンソロジーでは耳で聞いて面白い、分かりやすいということを優先して選んでいます。この作の場合、描かれた具体的な情景の鮮やかなユーモアが、耳から聞いても明確なイメージとして感じられます。音の楽しさと同時にイメージの楽しさもまた、口から耳への伝達を助けます。

眼《め》にて云《い》ふ

宮《みや》沢《ざわ》賢《けん》治《じ》

だめでせう
とまりませんな
がぶがぶ湧《わ》いてゐるですからな
ゆふべからねむらず血も出つづけなもんですから
そこらは青くしんしんとして
どうも間もなく死にさうです
けれどもなんといゝ風でせう
もう清明《せいめい》が近いので

一八九六(明29)—一九三三(昭8)
岩手県生まれ
「疾中」より

清明＝二十四節気の第五。春分から十五日め。

あんなに青ぞらからもりあがつて湧くやうに
きれいな風が来るですな
もみぢの嫩芽《わかめ》と毛のやうな花に
秋草のやうな波をたて
焼痕《やけあと》のある藺草《いぐさ》のむしろも青いです
あなたは医学会のお帰りか何かは知りませんが
黒いフロックコートを召《め》して
こんなに本気にいろいろ手あてもしていたゞけば
これで死んでもまづは文句もありません
血がでてゐるにかゝはらず
こんなにのんきで苦しくないのは
魂魄《こんぱく》なかばからだをはなれたのですかな
たゞどうも血のために

嫩芽＝新芽。

フロックコート＝洋式の男子の通常礼服。

魂魄＝たましい。霊魂。

それを云へないがひどいです
あなたの方からみたらずゐぶんさんたんたるけしきでせうが
わたくしから見えるのは
やっぱりきれいな青ぞらと
すきとほった風ばかりです。

さんたんたる＝いたましく、見るにしのびない。

＊ 賢治は自分で作曲もしたほどですから、耳の良い詩人だったと思います。「さんたんたるけしき」というような言葉も、「惨憺たる景色」と漢字で表記していないところに、賢治の耳が働いています。音楽性という点から考えても、賢治は日本詩人の中の第一人者と言えるでしょう。作者の魂のうねりが聞きとれる詩は、日本の近・現代詩を通じて、そうたくさんはないのです。

二月

村山《むらやま》槐多《かいた》

君は行く暗く明るき大空のだんだらの
薄明《うすあか》りこもれる二月
曲玉《まがたま》の一つらのかざられし
美しき空に雪
ふりしきる頃《ころ》なれど
昼故《ゆえ》に消えてわかたず

一八九六(明29)―一九一九(大8)
神奈川県生まれ

だんだら＝段々。

曲玉＝古代の装身具。
一つら＝一連。

かし原の泣沢女《なきさわめ》さへ
その銀の涙《なみだ》を惜《おし》み
百姓《ひゃくしょう》は酒どのの
幽《かすか》なる明りを慕《しと》ふ

たそがれか日のただ中か
君はゆく大空の物凄《ものすご》きだんだらの
薄明り
そを見つつ共に行くわれのたのしさ。

かし原＝橿原。奈良県の地名。

泣沢女＝イザナギノミコトが妻イザナミノミコトの死を悲しんで泣いたときの涙から生まれた神を、泣沢女神（なきさわめのかみ）という。

酒どの＝酒殿。供御の御酒をかもすための建物。

＊　いわゆる七五調を定型にとらわれずに効果的に用いることは、現代に至るまで日本の詩人にとってひとつの重要な課題です。槐多のこの作は五五の音の連なりを多用しつつ、ところどころを七音でおさめ、日本人のからだの奥深くひそむリズム感に、うまく共鳴しています。

皎皎《こうこう》とのぼつてゆきたい

八木重吉《やぎじゅうきち》

それが　ことによくすみわたつた日であるならば
そして君のこころが　あまりにもつよく
説きがたく　消しがたく　かなしさにうづく日なら
君は　この阪路《さかみち》をいつまでものぼりつめて
あの丘よりも　もつともつとたかく
皎皎《こうこう》と　のぼつてゆきたいとは　おもわないか

一八九八(明31)―一九二七(昭2)
東京生まれ
『秋の瞳』(大14)所収
皎皎と＝白いさま。月の光などの明るいさま。むなしく広いさま。

＊日本語はその性質から言って、脚韻というものが耳に響きにくい言語ですが、「あまりにもつよく／説きがたく消しがたく」というような「く」音の積み重ねは、ある切迫した感情を伝えていて効果的です。しかし作者はこれをひとつの技法として意識していたのではないと思います。自由詩の音韻面での効果は、定型詩とちがって規則化しにくく、ほとんどは作者の無意識の感性に負っていると見ていいのではないでしょうか。

なだれ

井伏《いぶせ》鱒二《ますじ》

峯《みね》の雪が裂《さ》け
雪がなだれる
そのなだれに
熊《くま》が乗つてゐる
あぐらをかき
安閑《あんかん》と
莨《たばこ》をすふやうな恰好《かっこう》で
そこに一ぴき熊がゐる

一八九八(明31)―一九九三(平5)
広島県生まれ

安閑と＝何もせずのんびりと。

＊　井伏鱒二はもちろん小説家として有名で、この作も散文脈で書かれていますが、のんびりととぼけたその味わいが、一種独特の詩情をかもし出しています。八行というその短さによって生まれる余韻とも言うべきものは、俳句にも通じていますが、ここでの主役は音楽性よりもむしろ絵画性でしょう。凝縮された散文は詩に近づくという逆説が、この詩に読みとれます。

河口

丸《まる》山《やま》 薫《かおる》

船が錨《いかり》をおろす。
船乗の心も錨をおろす。
鷗《かもめ》が淡《ま》水《みず》から、軋《きし》る帆《ほ》索《づな》に挨拶《あいさつ》する。
魚がビルジの孔《あな》に寄つてくる。
船長は潮風《しおかぜ》に染まつた服を着換《きが》へて上陸する。
夜がきても街《まち》から帰らなくなる。

一八九九(明32)―一九七四(昭49)
大分県生まれ
『帆・ランプ・鷗』(昭7)所収

ビルジ＝船底の湾曲部。

もう船腹に牡蠣殻《かきがら》がいくつふえたらう？
夕暮《ゆうぐれ》が濃《こ》くなるたびに
息子の水夫がひとりで舳《へさき》に青いランプを灯《とも》す。
私に見えない闇《やみ》の遠くで私を瞶《みつ》めてゐる鷗が啼《な》いた。

＊ 行間につくられた間は、印刷された場合にも重要な役割を果していますが、音読の場合はさらに微妙なものになります。一行の行間の白は、紙面では計量可能ですが、実は読者の心とからだのうちで、伸び縮みするものです。句読点や改行の場合も同じで、音読者は表記に忠実に詩を音読する必要はなく、むしろ自分の生理に従うほうが正しい場合も多いのです。

空のなぎさ

三《み》好《よし》達《たつ》治《じ》

いづこよ遠く来《きた》りし旅人は
冬枯《ふゆが》れし梢《こずえ》のもとにいこひたり
空のなぎさにさしかはす
梢のすゑはしなめきて
煙《けぶ》らひしなひさやさやにささやくこゑす
仰《あお》ぎ見つかつはきく遠き音づれ
落葉つみ落葉はつみて
あたたかき日ざしのうへに

一九〇〇(明33)―一九六四(昭39)
大阪生まれ
『百たびののち』(昭37)所収

いこひたり＝休息している。

しなめきて＝ひそひそ話をして。ささやいて。

煙らひ＝けぶって。ぼうっと薄くかすんで見えて。

落葉つみ＝落葉が積みかさなって。

はやここに角《つの》ぐむものはむきむきに
おのがじし彼《かれ》らが堅《かた》き包みものときほどくなる
路のくま樹下《じゅか》石上《せきじょう》に昼の風歩みとどまり
旅人なればおのづから組みし小指にまつはりぬ
かくありて今日のゆくてをささんとす小指のすゑに

角ぐむ＝角のように芽を出す。芽ぐむ。
むきむきに＝それぞれに。
おのがじし＝めいめい。
路のくま＝道のすみ。

＊ 初行のみ四音(いづこよ)ですが、あとはすべて七音五音の組み合わせ、しかしこの作には画一的ないわゆる七五調のリズムは、あまり感じられません。たとえば藤村の「初恋」などに比べると、この作が同じ七五的な書きかたをされているとはいえ、いかに現代的に洗練されているかがよく分かります。フランス近代詩と和漢の古典に通じた達治ならではの名唱です。

志《し》賀《が》直哉《なおや》へ

小《お》熊《ぐま》秀《ひで》雄《お》

志《し》賀《が》の旦那《だんな》は
構《かま》へ多くして
作品が少ねいや
暇《ひま》と時間に不自由なく
ながい間考へてゐて
ポツリと
気の利《き》いたことを言はれたんぢや
旦那にや

一九〇一(明34)―一九四〇(昭15)
北海道生まれ
「文壇諷刺詩」

かなひませんや
こちとらは
べらぼうめ
口を開けて待つてゐる
短気なお客に
温《あつ》たけいところを
出すのが店の方針でさあ、
巷《ちまた》に立ちや
少しは気がせかあね
たまにや出来の悪いのも
あらあね、
旦那に喰《く》はしていいものは
オケラの三杯酢《さんばいず》に、

巷＝町なか。
気がせかあね＝あせる。
オケラ＝虫の名だが、俗語で無一文のこともいう。

もつそう飯《めし》、
へエ、
お待遠さま、
志賀直哉《しがなおや》様への
諷刺詩《ふうしし》、
一丁、
あがつたよ。

もつそう飯＝盛り切りにした飯。とくに囚人の飯をさす。

＊　口語と言っても、現代日本語における口語のほとんどは共通語で書かれた書き言葉です。こういうべらんめえ口調のような、非共通語ないしは地域語で書かれた詩はきわめて数が少ないのです。おまけにここまで率直で具体的な諷刺詩というのも珍しい。小熊秀雄の一見異端ともとられかねない書きかたは、日本の花鳥風月の叙情の伝統に対する批評であり、世界の詩史のうちにおけばそれはまた、詩の正統に根ざすものでもあると思います。

槍《やり》投《なげ》

村野《むらの》四郎《しろう》

あなたの狙《ねら》うのは何です
新しい原始の人よ
ふるえながら光は飛んだ
その方向で
突然《とつぜん》おそろしい喚《わめ》きごえ
ごらん
脊《せ》中《なか》に槍をたてられ
一瞬《いっしゅん》にげのびようと蹌《よろめ》くもの

一九〇一(明34)—一九七五(昭50)
東京生まれ
『体操詩集』(昭14)所収

しかし　それも
じきに静かになる

＊『体操詩集』中の一篇。何よりもまず題材がいま読んでも新鮮です。この詩に初めて目で接するのと、耳で接するのとでは、どっちが衝撃が大きいでしょうか。もしかすると、耳のほうがこの詩のかくしているドラマを、より深く聞きとるのではないかというような気もします。

夜の機関車

岡本《おかもと》　潤《じゅん》

建てこんだ倉庫《そうこ》
鉄塔《てっとう》
シグナル
給水タンク
がらんとした貨物置場
置き忘《わす》れられたように動かない
貨車のつらなり
それらがひつそりと鳴りをしずめている

一九〇一(明34)―一九七八(昭53)
埼玉県生まれ
『夜の機関車』(昭16)所収

真夜中の構内で
機関車の巨《おお》きな図体《ずうたい》がひとり
冷たく光るレールの上を往《い》つたり戻《もど》つたりしている
突如荒々《とつじょあらあら》しく
ばツばツと火焔色《かえんいろ》の煙《けむり》を噴《ふ》きあげ
けだものの身もだえでレールを引きずり
やけに汽笛《きてき》を鳴らしたり
ガターンと貨車に体当りを食わしたり
なかなか腹の虫がおさまらんとみえる

＊ たたみこむような夜の操車場のイメージの積み重ね、この作も一枚の絵画のように読むことができますが、この中に鮮烈な音響もまた響いてきます。むしろ映画かテレビのような、現実音を伴った動くドキュメンタリーの映像に近いのが、この詩の新しさでしょう。作者のかくされた怒りは、最後の一行で象徴的に表現されていて、その一行がイメージと音響を一挙に、ただの情景描写からそれを超えたものへと変えています。

るす

留守と言え
ここには誰《だれ》も居《お》らぬと言え
五億年経《た》ったら帰って来る

高《たか》橋《はし》新《しん》吉《きち》

一九〇一(明34)―一九八七(昭62)
愛媛県生まれ

＊　禅の修行の最大のものは坐禅ですが、悟りに達するためのひとつの手段として、公案と呼ばれる問いかけがあって、修行する者は老師の出す公案に答えることで、進境をためされます。ですが公案には理屈で解けるものはひとつもありません。この短詩も公案に似ています。言葉の理屈の関節をはずしたところに生まれる言葉にならぬ何か、詩にもまたそれを求める一面があります。

歌

中野重治《なかのしげはる》

お前は歌ふな
お前は赤まゝの花やとんぼの羽根《はね》を歌ふな
風のさゝやきや女の髪《かみ》の毛の匂《にお》ひを歌ふな
すべてのひよわなもの
すべてのうそうそとしたもの
すべての物憂《ものう》げなものを撥《はじ》き去れ
すべての風情《ふぜい》を擯斥《ひんせき》せよ
もつぱら正直のところを

一九〇二(明35)―一九七九(昭54)
福井県生まれ
『中野重治詩集』(昭10)所収

赤まゝ＝アカマンマ。イヌタデの別称。

うそうそと＝はっきりしない、おちつかないさま。

擯斥＝しりぞけること。

腹の足しになるところを
胸《むな》さきを突《つ》き上げて来るぎりぎりのところを歌へ
たゝかれることによつて弾《は》ねかへる歌を
恥辱《ちじょく》の底から勇気を汲《く》みくる歌を
それらの歌々を
咽喉《のど》をふくらまして厳しい韻律《いんりつ》に歌ひ上げよ
それらの歌々を
行く行く人々の胸郭《きょうかく》にたゝきこめ

＊「歌ふな」という詩もまた「歌」に近づくのが詩の宿命でしょうか。最初の二行をそらで憶えている人も多いでしょう。しかし全部をそらで言える人はそう多くはないと思います。重治の言う「厳しい韻律」とはいったいどういう韻律なのか、そんな疑問もわいてきます。

死と蝙蝠傘《こうもりがさ》の詩

北《きた》園《ぞの》克《かつ》衛《え》

星
その黒い憂愁《ゆうしゅう》
の骨《ほね》
の薔薇《ばら》

五月
の夜
は雨すら

一九〇二(明35)―一九七八(昭53)
三重県生まれ
『黒い火』(昭26)所収

憂愁＝うれい。悲しみ。

黒い
壁《かべ》
は壁のため
の影《かげ》
にうつり
死
の
泡《あわ》だつ円錐《えんすい》
の襞《ひだ》
その

湿《しめ》つた孤独《こどく》
の
黒い翼《つばさ》
あるひは
黒い
爪《つめ》
のある髭《ひげ》の偶像《ぐうぞう》

＊　これは音読にむいていない詩のひとつの典型かもしれません。が、これを表記に従って声に出してみると、意外に面白いリズムが生まれます。目で読んでも、耳で聞いても、明確なイメージはとらえにくいのですが、ふだんの生活の中で使っているのとはちがう異次元の言葉には、私たちの魂をどこか不思議なところへいざなう力があるようです。いわゆる現代音楽にも通ずる魅力でしょうか。

秋の夜の会話

草野《くさの》心平《しんぺい》

さむいね。
ああさむいね。
蟲《むし》がないてるね。
ああ蟲がないてるね。
もうすぐ土の中だね。
土の中はいやだね。
痩《や》せたね。
君もずゐぶん痩せたね。

一九〇三(明36)―一九八八(昭63)
福島県生まれ
『第百階級』(昭3)所収

どがこんなに切《せつ》ないんだらうね。
腹だらうかね。
腹とったら死ぬだらうね。
死にたかあないね。
さむいね。
ああ蟲がないてるね。

＊　心平さんの蛙の詩は、擬声語ひとつをとってみても音読むきのものが多く、特に群読によっていっそう楽しく豊かになるところがすばらしい。この作も黙読しているだけではおさまらない、何か詩自身が読者のからだの中の声を呼びおこすようなところがあると思いませんか。孤立した声ではなく、他の存在と自然に響き合うような声、そんな声をもつ詩人は貴重です。

妹へおくる手紙

山之口《やまのくち》貘《ばく》

なんといふ妹なんだらう
――兄さんはきつと成功なさると信じてゐます。とか
――兄さんはいま東京のどこにゐるのでせう。とか
ひとづてによこしたその音信のなかに
妹の眼《め》をかんじながら
僕《ぼく》もまた、六、七年振《ぶ》りに手紙を書かうとはするのです
この兄さんは
成功しようかどうしようか結婚《けっこん》でもしたいと思ふので

一九〇三(明36)―一九六三(昭38)
沖縄県生まれ
『思弁の苑』(昭13)所収

す
そんなことは書けないのです
東京にゐて兄さんは犬のやうにものほしげな顔してゐます
そんなことも書かないのです
兄さんは、住所不定なのです
とはますます書けないのです
如実的《にょじつてき》な一切《いっさい》を書けなくなつて
とひつめられてゐるかのやうに身動きも出来なくなつてしまひ
満身の力をこめてやつとのおもひで書いたのです
ミンナゲンキカ
と、書いたのです。

如実的＝現実のまま。ありのまま。

＊ 他の詩人の作にもありましたが、日本語の口語の行末は変化にとぼしく、ですます調の現在形は体言どめを除いて、その名の通りほとんど〈です・ます〉で終わり、それが予期せぬ脚韻的効果を生みます。この作でも〈です・ます〉の積み重ねによる切実な感情表現が計算されていると思います。最後から二行目のかたかな表記がきいていますが、これは音読では通じません。漢字、ひらがな、カタカナの三種類の表記があることは、黙読では大変有効なのですが。

煤《スス》ケダ暦《コヨミ》

高《たか》木《き》恭《きょう》造《ぞう》

姉《アネ》サ嫁《ヨメ》ネなて去《エ》た日《シ》ア
庭《ツボ》のぐみア真赤であたし
母親《オガ》サ死ンで去《エ》た日《シ》ア
濡雪《ヌレユギ》ア降《フ》てゐだんだド
父親《オド》サ死ンで去《エ》たのア
屋根の氷《スガマ》コア溶《ト》げがてゐた時《ドギ》だし
吾《ワ》ア家《エ》がら出ハてしまつた晩《バゲ》ア
宵《ヨ》祭《ミヤ》の花火アあがてゐだネ

一九〇三(明36)—一九八七(昭62)
青森県生まれ
眼科医
方言詩集『まるめろ』(昭6)所収

宵祭＝宵宮(よいみや)。祭日の前日におこなう小祭。

＊ いわゆる「方言詩」こそ、音読されて初めてそのすばらしさの分かる分野でしょう。共通語に〈翻訳〉されてしまうと、その魅力はどこかへ消えてしまうことが多いのですが、その土地の人に声にしてもらうと、たとえ意味はよく分からなくとも、まるで音楽のようにからだがのってしまいます。日本語が共通語一色になってしまったら、どんなつまらないことでしょう。

日本語

近藤《こんどう》　東《あずま》

私は出来るだけ無関心をよそおったが
気になってしかたがなかった
深夜の電車の中
私の隣《となり》に座《すわ》った緑のオウバアの女は
ひどく酒に酔《よ》っていて
ときどき私によりかかった
この女は自分の駅で降りられるだろうか

一九〇四(明37)―一九八八(昭63)
東京生まれ
『風俗』(昭35)所収

オウバア＝オーバーコート。

ついに私は肩《かた》で女を起しあげ
やさしく行先をたずねてやった
すると　うるさそうにうす目をあけた女は
〈ミイ　ゴウ　ヨコハマよ〉
と答え　また目をつぶってしまった
私と日本語をさげすむかのように
私と日本語をさげすむかのように

＊　一九四五年の敗戦直後の世相を知っていないと、この詩はピンとこないかもしれません。「緑のオウバア」の一語で、この女が占領軍相手の娼婦だということが分かるのです。戦争中の日本では見ることのできなかった赤や緑の原色を、彼女達は挑発的に着ていたものでした。それまで日本人が経験したことのなかった異人、異文化の直接的な侵入の衝撃を〈ミイ　ゴウ　ヨコハマよ〉という、ピジン・イングリッシュが端的に象徴しています。

日ノ暮レチカク

原《はら》　民喜《たみき》

日ノ暮レチカク
眼ノ細イ　ニンゲンノカホ
ズラリト河岸《カシ》ニ　ウヅクマリ
細イ細イ　イキヲツキ
ソノスグ足モトノ水ニハ
コドモノ死ンダ頭ガノゾキ
カハリハテタ　スガタノ　細イ眼ニ
翳《カゲ》ツテユク　陽《ヒ》ノイロ

一九〇五(明38)―一九五一(昭26)
広島県生まれ
「原爆小景」より

シヅカニ　オソロシク
トリツクスベモナク

トリツクスベ＝取りつく術、てだて。

＊　原爆投下直後の広島の情景です。かたかな漢字まじりの表記が、切迫した感じを伝えています。今では電報はほとんど電話で送りますが、昔は電報はかたかなと決まっていました。かたかなには文脈をスタッカートのように、断ち切ってゆく感じがあるようです。漢文の読み下しにもかたかなが用いられていましたし、外来語もかたかな表記です。かたかなとひらがなの違いには、なかなか微妙なものがありますが、それをどこまで声で表現できるでしょうか。

イトハルカナル海ノゴトク

永《なが》瀬《せ》清《きよ》子《こ》

イトハルカナル海ノゴトク
我《ワレ》ハ渝《カワ》ラヌモノニシテ
微《ビ》生物《セイブツ》ノタダヨフママニ
我《ワ》ガ内ニ光ルモノアリ消ユルモノアリ

ユラメキタダヨヘド我ハマドハジ
流レ去ルトモ我ハ忘《ワス》レジ

一九〇六(明39)―一九九五(平7)
岡山県生まれ
『諸国の天女』(昭15)所収
イト＝きわめて。ひじょうに。

マドハジ＝惑わない。

還《カエ》リキタル潮流《チョウリュウ》ノ巨《オオ》イナル環《カン》
我ガ血脈ノゴトク
我ガ胸《ムネ》ニ巻ケルナリ

黒クシテアタタカナルモノ
寒冷ニシテ奔《ハヤ》キモノ

雪フリキタリテ消ユルココロニ
過ギユクモノ我ニ溶ケヨ
我ハヲミナノ涙《ナミダ》モテナベテノコトヲ記憶《キオク》ス

去リシモノハ去リシナラズ
注ギシモノハ永久《トワ》ニアリ

ヲミナ＝女。
ナベテノコト＝すべてのこと。

我ハ渝ラヌモノニシテ
太古ヨリツヅク海ノゴトク
カナシミコソハハルカニテ
塩ハ徐《オモムロ》ニ濃《コ》クナリユクナリ

＊　この作もかたかな漢字まじり表記で、しかし原民喜の詩とはまったく異なる、漢文脈的な調べをつくっています。このスケールの大きさを、男性的か女性的かなどと問うのは愚かなことでしょう。作者の魂の深さ、大きさがおのずからこういう調べを生んだのです。永瀬さんには日常の細部から発想した『短章集』がありますが、そのような短い散文にも、この作につながる、人生を大きな視野で見る眼が生きていると思います。

水中花《すいちゅうか》

伊東静雄《いとうしずお》

水中花《すいちゅうか》と言つて夏の夜店に子供達のために売る品がある。木のうすい〳〵削片《さくへん》を細く圧搾《あっさく》してつくつたものだ。そのまゝでは何の変哲《へんてつ》もないのだが、一度水中に投ずればそれは赤青紫《むらさき》、色うつくしいさまざまの花の姿《すがた》にひらいて、哀《あわ》れに華《はな》やいでコップの水のなかなどに凝《じっ》としづまつてゐる。都会そだちの人のなかには瓦斯灯《ガスとう》に照しだされたあの人工の花の印象をわすれずにゐるひともあるだらう。

一九〇六(明39)—一九五三(昭28)
長崎県生まれ
『夏花』(昭15)所収

変哲もない＝変わったこともない。取りたてて言うべきこともない。

瓦斯灯＝露店の照明に使われているガス灯。

今歳《ことし》水無月《みなづき》のなどかくは美しき。
軒端《のきば》を見れば息吹《いぶき》のごとく
萌《も》えいでにける釣《つり》しのぶ。
忍《しの》ぶべき昔《むかし》はなくて
何をか吾《われ》の嘆《なげ》きてあらむ。
六月の夜《よ》と昼のあはひに
万象《ばんしょう》のこれは自《みずか》ら光る明るさの時刻《とき》。
遂《つ》ひ逢《あ》はざりし人の面影《おもかげ》
一茎《いっけい》の葵《あおい》の花の前に立て。
堪《た》へがたければわれ空に投げうつ水中花。
金魚の影《かげ》もそこに閃《ひらめ》きつ。
すべてのものは吾にむかひて

水無月＝陰暦六月。
など＝なにゆえ。なぜ。
軒端＝家の軒下。
釣しのぶ＝シノブグサを輪の形にたばねて、軒下につるすもの。涼感をさそう。
あはひ＝あいだ。
万象＝あらゆる事物。

死ねといふ、
わが水無月のなどかくはうつくしき。

＊　前半の散文で書かれた部分は和歌のほうでいう詞書(ことばがき)で、ここは口語、後半の詩の部分は文語、同じ日本語でも調子の高さがあきらかに違っていて、はからずも散文と詩の差を大変明快に示しています。けれどこの前半のような淡々とした散文を用いて、詩は書けないのかというと、そんなことはありません。いわゆる散文詩に限らず、随筆と呼ばれる分野にも、詩と呼んでもおかしくない書きものがたくさんあります。形式よりも内容に傾いている現代詩の世界では、詩と詩でないものの区別がますますむずかしくなっているのです。

天

高見《たかみ》　順《じゅん》

どの辺《へん》からが天であるか
鳶《とび》の飛んでいるところは天であるか

人の眼から隠《かく》れて
ここに
静かに熟《う》れてゆく果実がある
おお　その果実の周囲は既《すで》に天に属している

一九〇七(明40)—一九六五(昭40)
福井県生まれ
『樹木派』(昭25)所収

＊　高見順は多作な小説家でもあった人ですが、詩に対する情熱も深く、すぐれた海外詩の翻訳紹介にも熱心でした し、特に病を得てからの晩年は詩作に心魂を傾けていたと言ってもいいでしょう。詩は青春の文学とはよく言われる言葉ですが、そう言いきることができるでしょうか。詩が日常を離れた心のたかまりから生まれるものだとしたら、老いにも病いにもそのようなたかまりはあり得るのではないかと思います。

湖上

中《なか》原《はら》中《ちゅう》也《や》

ポッカリ月が出ましたら、
舟《ふね》を浮《うか》べて出掛《でか》けませう。
波はヒタヒタ打つでせう、
風も少しはあるでせう。

沖《おき》に出たらば暗いでせう、
櫂《かい》から滴垂《したた》る水の音は
昵懇《ちか》しいものに聞こえませう、

一九〇七(明40)—一九三七(昭12)
山口県生まれ
『在りし日の歌』(昭13)所収

――あなたの言葉の杜切《とぎ》れ間を。

月は聴《き》き耳立てるでせう、
すこしは降りても来るでせう、
われら接唇《くちづけ》する時に
月は頭上にあるでせう。

あなたはなほも、語るでせう、
よしないことや拗言《すねごと》や、
洩《も》らさず私は聴くでせう、
――けれど漕《こ》ぐ手はやめないで。

ポツカリ月が出ましたら、

よしないこと＝由無し事。たわいもないこと。
拗言＝すねて言うことば。

舟を浮べて出掛けませう、
波はヒタヒタ打つでせう、
風も少しはあるでせう。

＊　中原中也はその人となりも含めて、さまざまに論じられていますが、彼が七五調を使う名人だったということも見落せません。ともすれば古くさい、決まりきった調子に聞こえてしまう七五が、中也の場合はいまもって新鮮に響きます。内容次第で七五調は現代にもよみがえり得ると思いますが、中也のように七五をみずからの詩の必然にすることのできる詩人が、はたしているでしょうか。七五のもつ歌謡性は、形式や技術である以前に、ひとつの魂のありかただと思うからです。

十月の詩

井上《いのうえ》　靖《やすし》

はるか南の珊瑚礁《さんごしょう》の中で、今年二十何番目かの颱風《たいふう》の子供《こども》たちが孵化《ふか》しています。

やがて彼等《かれら》は、石灰質《せっかいしつ》の砲身《ほうしん》から北に向って発射《はっしゃ》されるでしょう。

そのころ、日本列島はおおむね月明《げつめい》です。刻一刻《こくいっこく》秋は深まり、どこかで、謙譲《けんじょう》という文字を少年が書いて

一九〇七(明40)―一九九一(平3)
北海道生まれ
『北国』(昭33)所収

孵化＝卵がかえって生まれること。

砲身＝大砲の筒状の部分。主要部。

月明＝月が明るいこと。

謙譲＝へりくだること。けんそん。

います。

＊　本書中唯一の散文詩ですが、他の井上作品に比べると、たとえやイメージの飛躍の仕方から言っても、散文詩としての特徴はむしろ少ないと言えるでしょう。〈颱風の子供たちが孵化〉〈石灰質の砲身〉などの比喩、二行三連の形は詩的ですが、語り口（文体）は井上靖の小説と同じく平静な散文です。声に出してみると、詩と小説には、意味や形や長さだけではない微妙な違いがあることが体感できるかもしれません。目で読む詩にも、耳に聞こえる語り口がある、それに気づくのも詩の楽しみの一つではないでしょうか。

あーあ

天《あま》野《の》　忠《ただし》

最後に
あーあというて人は死ぬ
生れたときも
あーあというた
いろいろなことを覚えて
長いこと人はかけずりまわる
それから死ぬ
わたしも死ぬときは

一九〇九(明42)—一九九三(平5)
京都生まれ
『クラスト氏のいんきな唄』(昭36)所収

あーあというであろう
あんまりなんにもしなかったので
はずかしそうに
あーあというであろう。

＊　どういう音読がいい音読かというのは、なかなかむずかしい問題です。感情をまじえず、活字を声におきかえたかのように、淡々と音読するのがよしとされた時代もありましたが、そんなことは不可能です。音読には必然的にその詩を声に出す人の解釈が入りこまざるをえないからです。たとえばこの作の「あーあ」という歎声は、黙読する読者各人の内心で、それぞれに多様な声になっているはずですが、音読はそれをひとつにせばめてしまう。これは私の「あーあ」ではない、そんな異和を感ずる人もいるでしょう。音読、黙読、それぞれの功罪があるのです。

マツノキ

まど・みちお

マツノキの　ある
この　みちを　ゆけば
マツノキが　あって
かぜが　さわさわ
ぼくの　ポチが
きょう　しんだのに

一九〇九(明42)—二〇一四(平26)
山口県生まれ
『植物のうた』(昭50)所収

マツノキが　あって
マツの　たかみで
マツの　かぜが
きょうも　さわさわ
ポチの　ぼくが
この　みちを　ゆけば

＊　まどさんは「ぞうさん」や「やぎさん　ゆうびん」など、素適な子どもの歌の作詞をたくさんしておられますから、その作品は歌われたり音読されるのにふさわしいと思いがちですが、まどさんの詩のすばらしさはもしかすると、ひとり静かに黙読する時、いちばんあきらかになるのではないかと思うことがあります。分かりやすい言葉で書かれていますが、まどさんの詩は人間の魂の深い静けさにその根を下ろしているからです。

眠《ねむ》りの誘《いざな》ひ

立《たち》原《はら》道《みち》造《ぞう》

おやすみ　やさしい顔した娘《むすめ》たち
おやすみ　やはらかな黒い髪《かみ》を編んで
おまへらの枕《まくら》もとに胡桃色《くるみいろ》にともされた燭台《しょくだい》のまはり
には
快活な何かが宿つてゐる（世界中はさらさらと粉の雪）
私はいつまでもうたつてゐてあげよう
私はくらい窓《まど》の外に　さうして窓のうちに

一九一四（大3）―一九三九（昭14）
東京生まれ
『暁と夕の詩』（昭12）所収

胡桃色＝淡いかっ色。
燭台＝ろうそくを立てる台。

それから　眠《ねむ》りのうちに　おまへらの夢《ゆめ》のおくに
それから　くりかへしくりかへして　うたつてゐてあ
　げよう

ともし火のやうに
風のやうに　星のやうに
私の声はひとふしにあちらこちらと……

するとおまへらは　林檎《りんご》の白い花が咲《さ》き
ちひさい緑の実を結び　それが快い速さで赤く熟《う》れる
　のを
短い間に　眠りながら　見たりするであらう

ひとふし＝一節。

＊　立原道造は〈うたう〉ことの出来た詩人だと思います。ですがその調べは、日本の歌謡の伝統とは少々離れたところにあって、七五調とも無縁です。歌い口が西洋かぶれしていて、甘口であるのはたしかですが、その声は独特であり、こういう抒情は今も形を変えて劇画やポップスの歌詞やある種のイラストレーションの中に、生きているような気がします。

晩《ばん》夏《か》

木《き》下《した》夕《ゆう》爾《じ》

停車場《ていしゃば》のプラットホームに
南瓜《かぼちゃ》の蔓《つる》が匍《は》いのぼる
閉《と》された花の扉《と》のすきまから
てんとう虫が外を見ている
軽便車《けいべんしゃ》が来た
誰《だれ》も乗らない

一九一四（大3）―一九六五（昭40）
広島県生まれ

軽便車＝狭軌のレールを走る、小型の鉄道車両。

誰も下りない
柵《さく》のそばの黍《きび》の葉っぱに
若《わか》い切符《きっぷ》きりがちょっと鋏《はさみ》を入れる

黍＝いね科の植物。実は食用。

＊ 自由律俳句が並んでいるような作。作者自身の心情表現は見られず、すべて外界の事物の写生ですが、その明快なイメージには、視覚的なものばかりしかないかというと、そうも言えません。空気の音と言えばいいのか、この詩の光景のひろがりには、たしかにかすかな音楽もまたかくされているように感じるのです。

下《か》降《こう》

杉《すぎ》山《やま》平《へい》一《いち》

仲好《なかよ》しと、いま別れたらしい
娘《むすめ》さんが笑《え》みを頬《ほお》にのこしたまま
六階からエレベーターに入ってきた
四階で頬笑《ほほえ》んだ口がしまり
三階で頬がかたくなり
二階で目がつめたくなり
一階で、すべては消えた
エレベーターの扉《とびら》があくと

一九一四(大3)—二〇一二(平24)
福島県生まれ
『声を限りに』(昭42)所収

死んだ顔は
黒い雑踏《ざっとう》のなかに入つて行つた

＊ このまま映画の一場面になりそうな、的確な人間描写です。しかしこれをもし映画にするとしたら、監督も女優も大変苦労するでしょう。言葉の喚起する映像は、実際の映像よりも時にはるかに豊かです。そしてまたここにもたとえば、六階四階三階二階一階というようなくり返しの中に、映像と同時に一種音楽的なリズムを私たちは聞きとることが出来ます。

居直《いなお》りりんご

石《いし》原《はら》吉《よし》郎《ろう》

ひとつだけあとへ
とりのこされ
りんごは　ちいさく
居直《いなお》ってみた
りんごが一個で
居直っても
どうなるものかと
かんがえたが

一九一五（大4）―一九七七（昭52）
静岡県生まれ

それほどりんごは
気がよわくて
それほどこころ細かったから
やっぱり居直ることにして
あたりをぐるっと
見まわしてから
たたみのへりまで
ころげて行って
これでもかとちいさく
居直ってやった

＊ 石原さんの詩の多くは、たどりにくい独自な筋道をもっていて、難解です。その中でこの一篇には耳から聞いても納得させられてしまう何かがある。その何かとはユーモアというものではないでしょうか。私たちを意味の呪縛から解き放ってくれるユーモア、詩に限らず言葉をなかだちとする人間同士の交流に、それは欠かせないものだと思います。

ちいさな遺書《いしょ》

中《なか》桐《ぎり》雅《まさ》夫《お》

わが子よ、わたしが死んだ時には思いだしておくれ、
酔《よ》いしれて何もかもわからなくなりながら
涙《なみだ》を浮《うか》べて、お前の名を高く呼んだことを、
また思いだしておくれ、恥辱《ちじょく》と悔恨《かいこん》の三十年に
堪《た》えてきたのはただお前のためだったことを。

わが子よ、わたしが死んだ時には忘《わす》れないでおくれ、
二人の恐怖《きょうふ》も希望も、慰《なぐさ》めも目的も、

一九一九(大8)―一九八三(昭58)
福岡県生まれ

みなひとつ、二人でそれをわけあってきたことを、
胸《むね》にはおなじあざを持ち、また
おなじ薄《うす》い眉《まゆ》をしていたことを忘れないでおくれ。

わが子よ、わたしが死んだ時には泣《な》かないでおくれ、
わたしの死はちいさな死であり、
四千年も昔《むかし》からずっと死んでいた人がいるのだから、
泣かないで考えておくれ、引出しのなかに
忘れられた一箇《こ》の古いボタンの意味を。

わが子よ、わたしが死んだ時には微笑《ほほえ》んでおくれ、
わたしの肉体は夢《ゆめ》のなかでしか眠《ねむ》れなかった、
わたしは死ぬまでは存在しなかったのだから、

わたしの屍体《したい》は影《かげ》の短かい土地に運んで天日《てんぴ》にさらし、
飢えて死んだ兵士のように骨《ほね》だけを光らせておくれ。

＊　三連目最終行に出てくる「古いボタン」には、鷗外の有名な「扣鈕」がこだましています。五行四連のととのった形で書かれていますが、こめられている感情は痛切で、しかし黙読の時にはむしろ快いその感傷的な一面を、音読でどう抑制するかがむずかしいところでしょう。「――おくれ」というような、感情のこもった命令形を、作者自身のなまな声としてではなく、一個の詩作品の声として読むスタイルが今の日本には見つからないような気がするからです。

朝、電話が鳴る

安《あん》西《ざい》 均《ひとし》

洗濯機《せんたくき》にスイッチを入れるころ電話が鳴る
あのひとはまだ上半身しか夜を抜《ぬ》け出ていない
遠くでうなる製材所みたいな音をたて
電気剃刀《かみそり》で顔を撫《な》でながら同じことをいう
「アパートでひとりぐっすり寝たさ」
「きみのこさえたハム・エグスが食べたい」
そんならあれを誰《だれ》だというつもりだろう
背中《せなか》あわせに壁《かべ》のほうを向いて

一九一九(大8)―一九九四(平6)
福岡県生まれ
『美男』(昭33)所収

いまブラジャーを着けているのは……
電話さえしなければ嘘《うそ》はばれないのに
だけど電話の鳴らない朝は私は毀《こわ》れた洗濯機だ
自慢《じまん》していい　私は働き者だから
せっせと毎日　きのうを新しくする
庭いっぱいお天気をひろげるのが好《す》きだ
とっくに子供は風に吹《ふ》きちぎられそうにして学校へ行
　った
夫は固いカラーに顔をしかめてバスに乗っている時刻
　だ
あのひとは十日か二週間目に寂《さび》しい街《まち》へつれ出し
耳とか口とかところかまわず指を突《つ》っこんで
私を裏返《うらがえ》しにしてくれる。

＊　余計な解説かもしれませんが、これは不倫している人妻の一人称で書かれています。一篇のごく短い小説としても読めそうですね。こういう物語性をもった詩は珍しい。小説にすれば通俗に流れがちな題材も詩の器におさめられると上品です。盛りつけ上手は味までもおいしくする、その味を耳で味わう楽しみ。

崖《がけ》

石《いし》垣《がき》りん

戦争の終り、
サイパン島の崖《がけ》の上から
次々に身を投げた女たち。

美徳やら義理やら体裁《ていさい》やら
何やら。
火だの男だのに追いつめられて。
とばなければならないからとびこんだ。

一九二〇(大9)―二〇〇四(平16)
東京生まれ
『表札など』(昭43)所収

サイパン島＝南洋群島マリアナ諸島の一つ。太平洋戦争中の日米の激戦地。

ゆき場のないゆき場所。
(崖はいつも女をまっさかさまにする)

それがねえ
まだ一人も海にとどかないのだ。
十五年もたつというのに
どうしたんだろう。
あの、
女。

* 最終連のイメージは鮮烈です。視覚だけではとらえられない、魂の深みにとどくストップモーション。「それがねえ」、「どうしたんだろう」というような、身近な小母さんが話しかけてくるような何気ない口調が、この作の重い主題をかえって強く訴えかけます。作者が女性であることの意味を考えさせられます。

真夜中

清岡卓行《きよおかたかゆき》

おれの微《かす》かな　しかし
むずむずする　尾骶骨《びていこつ》から
いきなり　太く逞《たくま》しい尻尾《しっぽ》が
鰐《わに》のそれのように　にょっきり
生えてくるのではないか
と　それぱかりを心配して
夜を眠れないでいる男がいる。
若《も》し本当に　生えてきたら

一九二二（大11）―二〇〇六（平18）
大連（現在中国）生まれ
『日常』（昭37）所収

尾骶骨＝脊柱の最下部にある骨。

と　かれは空想する。
それはどこまでも　延びて行って
地球をひとまわりすることになるか。
そうなれば　傑作《けっさく》。
踊《おど》り子の胴《どう》を断ち切った　いつかの
スカートの針金《はりがね》の輪のように
地球を締《し》め上げて
それをバラバラな　二つの球根とするか。
いや　いや
と　かれは思い直す。
おれはどうして　こんなに
壮大《そうだい》なことを考えるのだろう。
本当には　ちょっぴり

栗鼠《りす》のそれよりも　可憐《かれん》な
房房《ふさふさ》とした尻尾が生えてくるのではないか。
それは　誰《だれ》にも気づかれない。
おれは　いささか得意。
だが　死ぬほどおれを愛している
あの　体じゅう　乳首《ちくび》だらけの女が
忘却《ぼうきゃく》の涯《はて》に
おれの裸《はだか》を撫《な》でまわすとき
彼女《かのじょ》はおれの尻尾を握《にぎ》るにちがいない。
何という喜劇《きげき》。
彼女は　一瞬《いっしゅん》　気絶する。
おれの尾骶骨から
とにかく　思いがけない

奇妙《きみょう》な尻尾が生えてくるのではないか
と　そればかりを心配して
夜を眠れないでいる男は誰か？

＊　清岡さんには夢を発想の元にした作品が、多くあるようです。この作も夢の中の出来事のように幻想的です。夢は映像の世界ですが、そこでは音や声は聞こえているのでしょうか。たしかに音も声も夢に出てきますが、それはもしかすると無音なのではないかと思うことがあります。夢のもどかしさ——それは言葉の限界を示しているのかもしれません。

人――ウイスキーに関する仮説

田《た》村《むら》隆《りゅう》一《いち》

きみは
まだ若《わか》いのだから
ウイスキーを飲まないほうがいいと思うな

イギリスの小説家コリン・ウィルソンが
一つの仮説をたてた
馬が馬になるまでに千三百万年
鮫《さめ》が鮫になるまで一億五千万年

一九二三(大12)―一九九八(平10)
東京生まれ
『誤解』(昭53)所収

コリン・ウィルソン＝一九三一年生れの作家。

人が人になるまでに
たつた一万三千年

しかも
もつとはげしい変化は
過去一万年のあいだ
頭のいいチンパンジーからロダンの考える人まで

なぜ
人間の身の上に進化という変化が起つたのか
BC八千年に
人間がアルコールの発酵法《はっこうほう》を考えだしてから
その変化が起つたというのがウィルソン氏の仮説なの

ロダンの考える人＝フランスの彫刻家ロダン（一八四〇―一九一七）の有名な彫刻「考える人」のこと。

BC＝紀元前。

だが

きみはまだ若いのだから
ウイスキーを飲まないほうがいい　いままでに
馬は馬を殺したことはなかつたし
鮫は鮫を殺さなかつた

どうして人は
人を殺すのだ？

どうして人は
人を愛すのか？

* しらふの時は無口ですが、お酒が入ると田村さんはおしゃべりになります。縦横無尽に天下国家を斬りまくるその口調が、田村さんの詩にも生きている。ユーモラスな大言壮語にひそむ批評精神、それを田村さんは江戸っ子ふうの機知と洗練で、いわゆるライトヴァースに近い形に仕上げます。読者相手のしゃれた会話とでも言えばいいのか。

だいじ

斎藤《さいとう》庸一《よういち》

和尚《おしょう》さまもいっただ
むかしの先生もいっただ
あんないい嫁《よめ》っこは
だいじにしねば　なんねえぞと
だが　おらは　わかんねえ
どうしたら　だいじになるだか
朝は暗いうちから起きだすから
床《とこ》ん中で手えつかんで離《はな》さねことがや

一九二三(大12)—二〇一〇(平22)
福島県生まれ
『ゲンの馬鹿』(昭38)所収

馬のかいばを切るときはよ
藁《わら》をはこんでやることがや
町へ祭り日に連れてって
活動見せることがや
そうでもねえ
あれはとうと居眠《いねむ》りばかりしてるしよ
いい着物かってもたんすへ蔵《しま》うだけだし
お白粧《しろい》や紅《べに》はつけるときもねえし
抱《だ》いてやることだべ　と思ったら
花びらみてえな口あいて
すぐに　はあ　眠ってしまうだし
おらは困《こま》っちゃって
どうしたらだいじにしてやれべえと

活動＝活動写真のこと。映画。

カン婆《ばば》に聞いてみただ
カン婆はでっけえ声で笑《わら》いやがって
おらはだいじになんぞされたことねえ
可愛《めんこ》がられたこともねえ
たんといじめられてよ
たんといじめられて泣《な》いたもんだぞや
むごい爺《じい》さまだったがのう
死んでしもうたわ。

＊　共通語だけを日本語と考えれば、日本は単一言語の国ですが、方言を軸にして考えるとそうは言えません。その土地に根づいた言葉こそ母の言葉、すなわち母語です。方言はだんだんに消えてゆく運命にあるように見えますが、詩人たちの中には共通語と母語のふたつをともに大切にしている者もいます。方言には共通語には求めえない日本人のからだと暮らしの原点がある。いわゆるなまりのもつなつかしさ、なまなましさはまた、現代詩の失いがちな言葉の音楽をよみがえらせてもくれます。

葉《は》月《づき》

阪《さか》田《た》寛《ひろ》夫《お》

こんやは二時間　待ったに
なんで来てくれなんだのか
おれはほんまにつらい
あんまりつらいから
関西線にとびこんで死にたいわ
そやけどあんたをうらみはせんで
あんたはやさしいて
ええひとやから

一九二五(大14)―二〇〇五(平17)
大阪生まれ

葉月＝陰暦八月。

ほんまに＝ほんとうに。

ころしたりせえへん
死ぬのんはわしの方や
あんたは心がまっすぐして
おれは大まがり
さりながら
わいのむねに穴《あな》あいて
風がすかすか抜《ぬ》けよんねん
つべとうて
くるしいて
まるでろうやにほりこまれて
電気ぱちんと消されたみたいや
ほんまに切《せつ》ない　お月さん
――お月さん　やて

わい＝私。
つべとうて＝冷たくて。

あほうなことを云《い》いました
さいなら　わしゃもうあかへん
死なんでおれへん
電車がええのや
ガーッときたら
ギョキッと首がこんころぶわ
そやけど
むかしから
女に二時間待たされたからて
死んだ男がおるやろか
それを思うとはずかしい

こんころぶ＝ころがる。

＊ 明石家さんまさんに言わせると、大阪にベンツやポルシェが少ないのは、大阪弁が高級外車に似合わないからだそうです。反対にいわゆる共通語で書かれた文章には、大阪人には恥ずかしくて口に出せぬものが多いとか。この鋭い指摘は、言葉とからだの関係の微妙なところをついています。この作と同じ状況を東京人が書いたらいったいどうなるか。考えるだけで気恥ずかしい。

初めての児《こ》に

吉野《よしの》 弘《ひろし》

お前がうまれて間もない日。

禿鷹《はげたか》のように
そのひとたちはやってきて
黒い皮鞄《かわかばん》のふたを
あけたりしめたりした。

生命保険の勧誘員《かんゆういん》だった。

一九二六(大15)―二〇一四(平26)
山形県生まれ
『消息』(昭32)所収

（ずいぶん　お耳が早い）
私が驚《おどろ》いてみせると
そのひとたちは笑《わら》って答えた。
〈匂《にお》いが届きますから〉

顔の貌《かたち》さえさだまらぬ
やわらかなお前の身体《からだ》の
どこに
私は小さな死を
わけあたえたのだろう。

もう

かんばしい匂いを
ただよはせていた　というではないか。

かんばしい＝かぐわしい。かおりがいい。

＊　現代詩は難解だというのが大方の評判で、それがまた現代詩を黙読一辺倒にさせてもいるのですが、中には平易な言葉で毎日の生活の中から詩を析出させる詩人たちもいます。吉野さんもそのひとりと言えるでしょう。耳からも伝えることの出来る詩、たとえ韻文性はうすれたとしても、その内容によって言葉は耳を通路として読者の心とからだに、ひとつの刻印を押すことが出来るのです。

六月

茨木《いばらぎ》のり子

どこかに美しい村はないか
一日の仕事の終りには一杯《いっぱい》の黒麦酒《くろビール》
鍬を立てかけ　籠《かご》を置き
男も女も大きなジョッキをかたむける

どこかに美しい街《まち》はないか
食べられる実をつけた街路樹《がいろじゅ》が
どこまでも続き　すみれいろした夕暮《ゆうぐれ》は

一九二六(大15)—二〇〇六(平18)
大阪生まれ
『見えない配達夫』(昭33)所収

黒麦酒＝こがした麦芽を入れた、黒茶色のビール。

若者《わかもの》のやさしいさざめきで満ち満ちる
どこかに美しい人と人との力はないか
同じ時代をともに生きる
したしさとおかしさとそうして怒《いか》りが
鋭《するど》い力となって　たちあらわれる

＊　少々理想主義的であるとしても、美しく強いイメージが言葉を日常の次元から詩の次元へとたかめているのが感じられます。読者の心を高揚させるのは、七五調だけとは限りません。格調と言えばいいのか、作者の心のたかまりが言葉にある緊張と興奮を与え、それが読者にのり移るのです。たとえその詩がきわめて静かに音読されたとしても。

凧《たこ》

中村《なかむら》 稔《みのる》

夜明けの空は風がふいて乾《かわ》いていた
風がふきつけて凧《たこ》がうごかなかつた
うごかないのではなかつた　空の高みに
たえず舞《ま》い颶《あが》ろうとしているのだつた

じじつたえず舞い颶つているのだつた
ほそい紐《ひも》で地上に繫《つな》がれていたから
風をこらえながら風にのつて

一九二七（昭2）～
埼玉県生まれ
『樹』（昭29）所収

こまかに平均《へいきん》をたもつているのだつた
ああ記憶《きおく》のそこに沈《しず》みゆく沼地《ぬまち》があり
滅《ほろ》び去つた都市があり　人々がうちひしがれていて
そして　その上の空は乾いていた……

風がふきつけて凧がうごかなかつた
うごかないのではなかつた　空の高みに
鳴つている唸《うな》りは聞きとりにくかつたが

＊　形は西欧のいわゆるソネット、十四行詩形をとっていますが、その規則にしばられてはいません。が、ある形をあえてみずからに課することで、詩人は情念を抑制し、あふれ出そうとするそれをひとつの器に満たすのです。その声は七五調のように朗々とはしていませんが、むしろその声の低さに読者は詩人の感情の強さと深さを聞きとるでしょう。

石を煮《に》て

高野喜久雄《たかのきくお》

石を煮《に》て暮らすなり
ぐつぐつと石を煮て
石を煮て石を煮て
石を煮て暮らすなり

憤怒《ふんぬ》に非《あら》ず
愛に非ず
飢餓《きが》に非ず

一九二七(昭2)―二〇〇六(平18)
新潟県生まれ
『高野喜久雄詩集』(昭41)所収

憤怒＝いきどおること。ひどく腹をたてること。

もとより　こがれの故《ゆえ》に非ぬなり
ただの石子《いしこ》
ただぐつぐつと煮るにて候《そうろう》
わけもなく
当てもなく
もとより正気の沙汰《さた》にて候

こがれ＝こがれること。恋い慕うこと。
石子＝小石。

沙汰＝しわざ。

＊　この文語はすでに一種のパロディに似てきています。文語のこういう屈折した使いかたに、ユーモアもまた生まれます。「候」というような言葉のもつアナクロニズムもまた、現代詩の武器のひとつと言えましょうか。悲愴な断言が、真正直な断言たりえぬところが余計に悲愴なのだと、そんなふうに受けとりたくなるのです。

地球に　種子《たね》が落ちること

岸《きし》田《だ》衿《えり》子《こ》

地球に　種子《たね》が落ちること
木の実がうれること
おちばがつもること
これも　空のできごとです

一九二九(昭4)—二〇一一(平23)
東京生まれ
『ソナチネの木』(昭56)所収

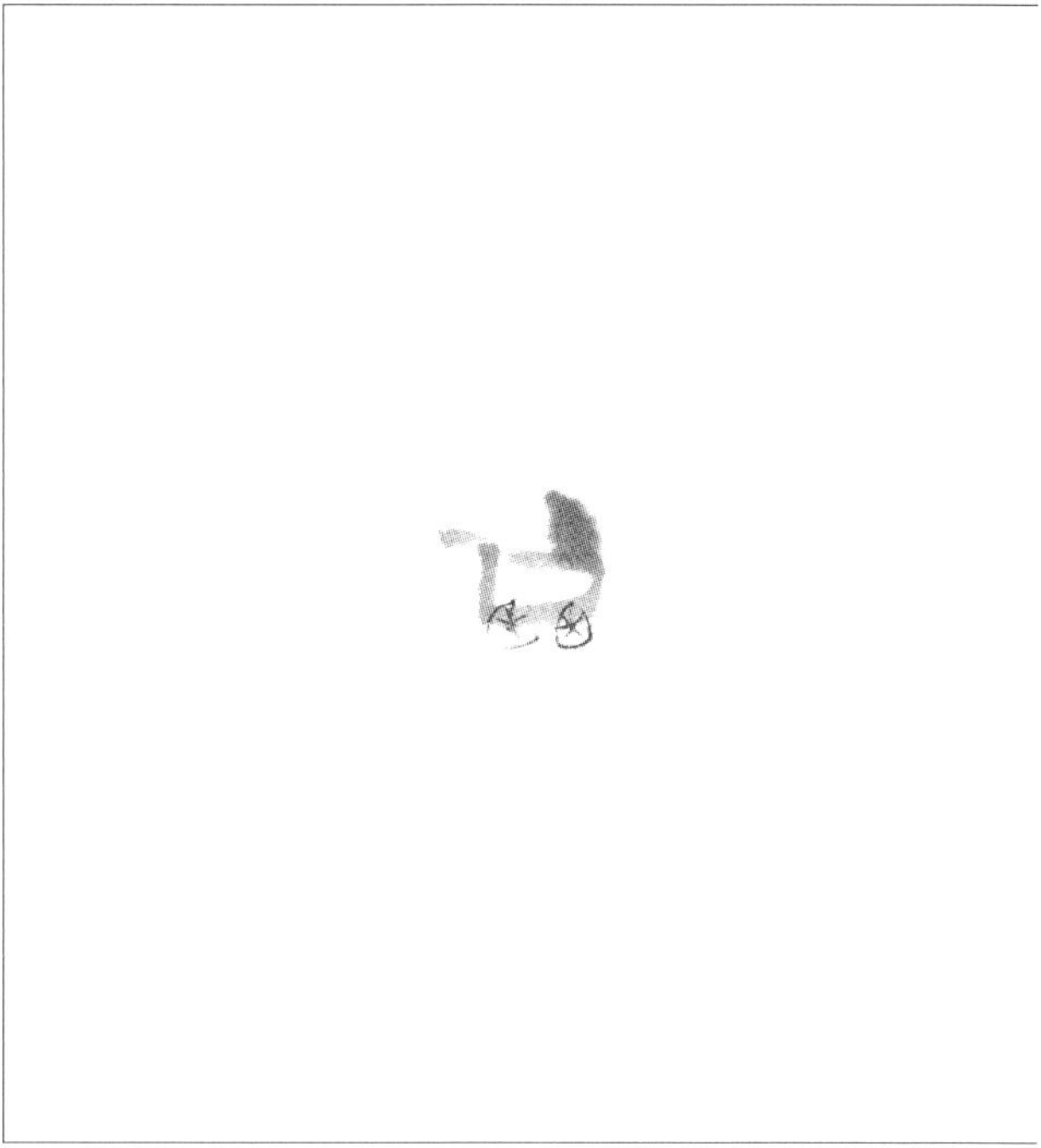

＊　ふともれた吐息のように短い詩、しかしあきらかに俳句の世界ではない。定型によらぬことで微妙に分節される声、と言うよりは息、それもまた現代詩に繊細なリズムを与えます。初行と終行にある一字分の空白、それもまた読みとられなくてはならないでしょう。

他人の空

飯《いい》島《じま》耕《こう》一《いち》

鳥たちが帰つて来た。
地の黒い割《わ》れ目をついばんだ。
見慣《みな》れない屋根の上を
上つたり下つたりした。
それは途方《とほう》に暮《く》れているように見えた。

空は石を食つたように頭をかかえている。
物思いにふけつている。

一九三〇（昭5）―二〇一三（平25）
岡山県生まれ
『他人の空』（昭28）所収

もう流れ出すこともなかつたので、
血は空に
他人のようにめぐつている。

＊ 詩人の中にはかたくなに自作朗読を拒む者もいて、飯島さんもそのひとりです。拒む理由は人によってさまざまでしょうが、声をもつことで作品が活字とは違う次元に行ってしまうのが、生理に合わないということも、十分考えられます。肉声は解釈であり翻訳であると考えれば、文字によるテキストの純粋性は朗読によってそこなわれますから。

はくちょう

川《かわ》崎《さき》　洋《ひろし》

はねが　ぬれるよ　はくちょう
みつめれば
くだかれそうになりながら
かすかに　はねのおとが

ゆめにぬれるよ　はくちょう
たれのゆめに　みられている？

一九三〇(昭5)―二〇〇四(平16)
東京生まれ
『はくちょう』(昭30)所収

そして　みちてきては　したたりおち
そのかげ　が　はねにさしこむように
さまざま　はなしかけてくる　ほし

かげは　あおいそらに　うつると
しろい　いろになる？

うまれたときから　ひみつをしっている
はくちょう　は　やがて
ひかり　の　もようのなかに
におう　あさひの　そむ　なかに
そらへ

すでに　かたち　が　あたえられ
それは
はじらい　のために　しろい　はくちょう
もうすこしで
しきさい　に　なってしまいそうで

はくちょうよ

＊　中国から渡来した文字に支えられ、西洋から輸入した概念を表す漢語は、いまだに日本人のからだと暮らしに根を下ろしていない一面があると思います。その抽象性にはプラスマイナスの両面がある。詩に限らず日本語をひらがなのみで表記しようとする時、私たちは漢語をどうひらくかという問題にぶつかります。ひらがなのもつ女性性は単に音楽面や文字の形の面だけにとどまらず、ひろく日本文化のありかたそのものにかかわっているのではないでしょうか。

失題詩篇《しつだいしへん》

入沢康夫《いりさわやすお》

心中しようと　二人で来れば
　ジャジャンカ　ワイワイ
山はにっこり相好《そうごう》くずし
硫黄《いおう》のけむりをまた吹《ふ》き上げる
　ジャジャンカ　ワイワイ

鳥も啼《な》かない　焼石山《やけいしやま》を
心中しようと辿《たど》っていけば

一九三一(昭6)—二〇一八(平30)
島根県生まれ
『倖せ　それとも不倖せ』(昭30)所収

相好くずし＝顔つきをかえて、よろこぶさま。

弱い日ざしが　雲からおちる
　ジャジャンカ　ワイワイ
雲からおちる

心中しようと　二人で来れば
山はにっこり相好くずし
　ジャジャンカ　ワイワイ
硫黄のけむりをまた吹き上げる

鳥も啼かない　焼石山を
　ジャジャンカ　ワイワイ
心中しようと二人で来れば
弱い日ざしが背《せ》すじに重く

心中しないじゃ　山が許さぬ
山が許さぬ
　ジャジャンカ　ワイワイ
ジャジャンカ　ジャジャンカ
ジャジャンカ　ワイワイ

＊　この一篇のみでは入沢さんの詩業が誤解されるおそれがありますが、はやし言葉の入った民謡ふうのスタイルは現代詩には珍しく、あえて択ばせてもらいました。黙読するだけではおさまらない楽しさがあります。入沢さんはクラシックがお好きときいていますが、もしかするとカラオケもお上手なのでは？

はる　なつ　あき　ふゆ

大《おお》岡《おか》　信《まこと》

はるのうみ
あぶらめ　めばる
のり　わかめ　みる
いひだこ　さはら　さくらだひ
はまぐり　あさり　さくらがひ
やどかり　しほまねき
ひじき　もづく　いそぎんちやく

一九三一（昭6）―二〇一七（平29）
静岡県生まれ
『故郷の水へのメッセージ』
（平二）所収

あぶらめ＝油身魚。あいなめの異名。
みる＝海松。緑藻類ミル科の海藻。
いひだこ＝飯蛸。マダコ科。
もづく＝水雲。褐藻類モズク科の海藻。

なつのうみ
よづり　いかつり
やくわうちゆう　くらげ
きす　あなご　ちぬ
とびうを　かははぎ　べら　をこぜ
いしだひ　はまち　おほだこ
いさき　かんぱち　ままかり
てんぐさ　ふなむし　ふのり

あきのうみ
あきあじ　あきさば　あきがつを
いわし　さんま　すずき
ぼら　はぜ

やくわうちゆう＝夜光虫。約一ミリくらい。海面を浮遊し、発光する。
ちぬ＝黒鯛の異名。
かんぱち＝アジ科。
ふのり＝布海苔。紅藻類の海藻。布地ののりづけに用いる。

しいら　たちうを　さつぱ

ふゆのうみ
あんかう　なまこ
ふぐ
ちどり
かも

しんねんのうみ
おほはしのはつわたり
はつひので
なぎ
こども

しいら＝鱰。
さつぱ＝ニシン科。

おとな
うみかぜ
かもめ

＊ 日本人のからだと暮らしに密着した魚や鳥の名前の美しさ。ひとつひとつの名を舌の先でころがして味わいたくなります。文明の発達にともなって私たちの語彙は飛躍的に増えましたが、そのほとんどがどこか味気ない語に感じられます。昔から使われている古い日本語だけでは同時代を表現出来ないのはもちろんですが、こういう詩を読むと私たちの失いつつある言葉を思って、胸が痛みます。

かっぱ

谷川俊太郎《たにかわしゅんたろう》

かっぱかっぱらった
かっぱらっぱかっぱらった
とってちってた

かっぱなっぱかった
かっぱなっぱいっぱかった
かってきってくった

一九三一(昭6)〜
東京生まれ
『ことばあそびうた』(昭48)所収

＊ 七五調だけが韻文ではないはずだ、日本人の耳に聞こえる頭韻、脚韻をつくり出してみたい、そう思って書いた詩のひとつです。結果的にそれらは地口、駄じゃれ、語呂あわせに近いものになってしまい、表現出来る内容に大きな制約があると分かりましたが、それでも日本語の音韻面でのかくれた魅力の一端には迫りえたと自負しています。

感情的な唄《うた》

岩《いわ》田《た》　宏《ひろし》

学生がきらいだ
糊《のり》やポリエチレンや酒やバックル
かれらの為替《かわせ》や現金封筒がきらいだ
備えつけのペンや
大理石に埋《うま》ったインクは好《す》きだ
ポスターが好きだ好きだ
鳩《はと》
極端《きょくたん》な曲線

一九三二(昭7)―二〇一四(平26)
北海道生まれ
『頭脳の戦争』(昭37)所収

為替＝現金を送る代わりに、手形・小切手・証書などで金銭の受け渡しをすませる方法。

三輪車にまたがった頰《ほお》の赤い子供はきらいだ
痔《じ》の特効薬が
こたつやぐらが
井戸が旗《はた》が会議がきらいだ
邦文《ほうぶん》タイプとワニスと鉄筆
ホチキスとホステスとホールダー
楷書《かいしょ》と会社と掃除《そうじ》と草書みんなきらいだ
脱糞《だっぷん》と脱税《だつぜい》と駝鳥《だちょう》と駄菓子《だがし》と打楽器
背《せ》の低い煙草屋《たばこや》の主人とその妻みんな好きだ
バス停留場が好きだ好きだ好きだ
元特高《とっこう》の
古本屋が好きだ着流しの批評家《ひひょうか》はきらいだ
かれらの鼻

邦文タイプ＝和文タイプ。
ワニス＝塗料。ニス。

特高＝特別高等警察(官)の略。戦前、政治・思想関係を担当した課。
着流し＝男の人が和服を着たとき、はかまをつけていないこと。

あるいはホクロ
あるいは赤い疣《いぼ》あるいは白い瘤《こぶ》
または絆創膏《ばんそうこう》や人面疽《じんめんそ》がきらいだ
今にも泣《な》き出しそうな教授先生が好きだ
今にも笑《わら》い出しそうな将軍閣下《かっか》がきらいだ
適当な鼓笛隊《こてきたい》
正真正銘《しょうしんしょうめい》の提灯《ちょうちん》行列がきらいだきらいだ
午前十一時にぼくの詩集をぱらぱらめくり
買わずに本屋を出て
与太《よた》を書きとばす新聞社の主筆《しゅひつ》がきらいだ
やきめしは好きだ泣き虫も好きだ建増《たてま》しはきらいだ
猿《さる》や豚《ぶた》は好きだ
指も

人面疽＝ひとの顔に似た形の悪性のはれもの。

提灯行列＝お祝いのため大勢の人が提灯をもってねり歩くこと。

与太＝でたらめ。くだらないことば。

主筆＝記者のトップにいて、主要な記事を書く人。

ム

＊ 岩田さんは耳の敏感な詩人です。聞いたことはありませんがピアノも上手とのこと。頭韻や語呂あわせによって生まれる語と語のむすびつきの意外性、しかもこの詩はナンセンスではありません。作者の人間性があきらかに感じられます。このせきこんだようなリズム、打楽器を思わせるくり返しにも、時代と切り離せない新しい日本語のひびきが聞きとれます。

無題《ナンセンス》

吉原《よしはら》幸子《さちこ》

風　吹《ふ》いてゐる
木　立ってゐる
ああ　こんなよる　立ってゐるのね　木

風　吹いてゐる　木　立ってゐる　音がする

よふけの　ひとりの　浴室の
せっけんの泡《あわ》　かにみたいに吐《は》きだす　にがいあそ

一九三二(昭7)—二〇〇二(平14)
東京生まれ
『幼年連禱』(昭39)所収

び

ぬるいお湯
なめくぢ　匍《は》ってゐる
浴室の　ぬれたタイルを
ああ　こんなよる　匍ってゐるのね　なめくぢ
おまへに塩をかけてやる
するとおまへは　ゐなくなるくせに　そこにゐる

おそろしさとは
ゐることかしら
ゐないことかしら

また　春がきて　　また　風が　吹いてゐるのに
わたしはなめくぢの塩づけ　　わたしはゐない
どこにも　ゐない
わたしはきっと　せっけんの泡に埋《う》もれて　　流れて
　しまったの
ああ　こんなよる

＊ 少し甘えたような、女の話し言葉、それはしかし肉声のひびきを残しながら日常的ではありません。対話ではなくひとりごとだからでしょうか。それとも人は、ひとりごとを言う時、どこか日常とは少々違う次元にさまよい出てしまうものなのでしょうか。作者は「無題」という題名に〈ナンセンス〉とルビをふっています。自分の呟きに自分でてれているのでしょうか。

物音

中《なか》江《え》俊《とし》夫《お》

そつと　物たちがふり向く
すると「誰《だ》れ」？　と言うことばが
もう両手をあげて
小闇《こやみ》にはしつていく
その時
私たち二人の　世界がわからなくなり
お互《たが》いの心臓《しんぞう》と　ふれあつたりして
思わず

一九三三(昭8)〜
福岡県生まれ
『魚のなかの時間』(昭27)所収

「どうしようか」となんか
ためらいがちに　笑《わら》つたりする

＊　散文的な意味がたどりにくい、でもだからこそこれは詩の言葉以外の何ものでもないと感じさせられます。詩における音楽とは、発音される言葉の音楽性というよりも、こうした意味と形象のつながりにおける音楽との類似をさすのではないでしょうか。意味のとれぬ語はひとつもないのに、読後に残るのは意味を超えたもの、この世の質感とでも呼ぶべきあえかなもの、その謎めいた感じに魅きつけられます。

口辺筋肉《こうへんきんにく》感覚説による抒情的《じょじょうてき》作品抄《しょう》

鈴木《すずき》志《し》郎康《ろうやす》

作品　2

グロットマンティカ
グロットマンティカ

ニーペポルトペイン
イイイイイイイ

一九三五（昭10）〜
東京生まれ
『青鰐』（昭34）所収

エルソ
マソトムーネ
グロットマンティカ
グロットマンティカ
イーソイーソ
ルンルンルンルン
ニポ

作品 10

ポポ

ヌムヌムモナラミ
ヌルヌルモモヌム

ギレッチョ
ズルマッチョ

ヌムヌムモナラミ
ヌルヌルモモヌム

ズルマッチョ
ポエ

＊意味も論理もあえて無視し、言葉の音だけで書かれた詩、こうした試みは洋の東西を問わず行なわれています。しかし無意味な音のつらなりに、一種の触感のようなものがあるし、他の事物への連想もわいてくるのが面白い。たとえば〈グロット〉は洞穴の意で、グロテスクという語にむすびついているし、〈ポポ〉は果実の名です。訳が分からんと腹を立てるのは野暮というもの。

銀河

吉増《よします》剛造《ごうぞう》

男がシャツを洗濯《せんたく》している。彼《かれ》は宇宙《うちゅう》について考えながら、金属光沢《こうたく》のある細かく美しい織物を洗《あら》っている。音楽が流れている。藻草《もぐさ》が水槽《すいそう》の底にゆらめき、指が水中に曲線をえがいて木目《もくめ》をつくる。ああ、大《おお》昔《むかし》宇宙の熱気が人体に作用して指は凍傷《とうしょう》にかかってしまった。もはや船のように曲線をえがき髪《かみ》なびかせて宇宙を駈《か》けめぐることはない。月曜日にも水曜日にも沐浴《もくよく》する。月曜日にも水曜日にも沐浴する。晩秋、

一九三九（昭14）〜
東京生まれ
『王国』（昭48）所収

沐浴＝ゆあみ。水浴。

家の前に南天《なんてん》の赤い実がなる。どこかの溜《たま》り場で、男がシャツを洗濯している。例によって、だれかがそこにいるかのようにぺちゃくちゃしゃべっている。彼は歌ってはいない。ただ、金属光沢のある細かく美しい織物を洗っている。やがて恒星《こうせい》も巨樹《きょじゅ》も麗《うるわ》しい女性の想い出も細雪《ささめゆき》ふる銀河の底に泡沫《うたかた》となって沈《しず》んでゆくのであろう。水中に燃える指が突《つ》き刺《さ》さる！　空を打《だ》撃《げき》する短歌の一、二首。もう数千年も経過したのであろうか、依然《いぜん》として、男は一枚《まい》のシャツを洗っている。白っぽく、真紅《しんく》にそまりはじめる死装束《しにしょうぞく》であった。やがて男はゆっくりと二の腕《うで》をまくりあげはじめた。

溜り場＝仲間がいつも集まってくる場所。

死装束＝死者に着せる服装。白装束。

二の腕＝肩とひじの間の部分。

＊　吉増さんの自作朗読は聞きものです。そして見ものでもある。白皙の顔を紅潮させて場内に異様な磁場を発生させるその姿は、古代の巫女をほうふつとさせます。彼の朗読はたとえ聴衆と対していても、その背後の超越者に向けられていると評したのは大岡信さんです。たしかに吉増さんの詩の声には、人間を超えたものがある。〈空を打撃する〉、それもまた詩の大事な一面でしょう。

婚《こん》約《やく》

辻《つじ》　征《ゆき》夫《お》

鼻と鼻が
こんなに近くにあって
（こうなるともう
しあわせなんてものじゃないんだなあ）
きみの吐く息をわたしが吸い
わたしの吐く息をきみが
吸っていたら
わたしたち

一九三九（昭14）―二〇〇〇（平12）
東京生まれ
『隅田川まで』（昭52）所収

とおからず
死んでしまうのじゃないだろうか
さわやかな五月の
窓辺《まどべ》で
酸素欠乏症《けつぼうしょう》で

＊　これはまたなんと人間くさいあたたかみと安らぎに満ちた詩でしょう。今日の時代のむずかしさを考える時、これはほとんど呑気とさえ言えそうです。しかしその呑気は作者の人柄の自然であると同時に、意識して選びとられたものでもあるのです。読んでいて微笑をさそわれるような詩、読む者を救ってくれるような詩、現代詩にもこんな詩が存在していることを思うと、詩という領域の豊かさに希望をもつことが出来ます。

あとがき

谷川俊太郎

小学校の国語の授業で、教材の詩を声に出して音読させられた経験をもたない人はいないと思います。またお正月に百人一首のかるたで遊んだことのある人も多いと思います。それから近所のおじいさんが、奇妙な声で漢詩をうなっているのを聞いたことはありませんか。テレビで宮中の歌会始の朗詠の模様を見たことがある人もいるかもしれません。小さいころ、わらべうたをとなえながら遊んだ思い出をもっている人もまだいるかもしれません。

それらはみな別々のことのようでいて、根っこはひとつです。印刷された文字を黙読するのではなく、声に出してとなえる、あるいは音読する詩。いわば目に見えないけれど、耳に訴えかける詩とも言うべきものが、今でも私たちの生活の中にたくさんあります。私たちはただそれをあまり自覚していないだけです。

つい百年ほど前までは詩は声に出して読む、つまり吟ずるのが当たり前でした。からだがむずむずして自然に声に出したくなるのが、他の言葉とは違う詩というものの魅力だったと言ってもいいでしょう。吟ずることで自分も楽しみ、人とも交流する、今で言えばカラオケみたいなものだったのかもしれません。

ですが今では詩は本のページの上に印刷してあって、ひとりでひっそり黙読するのが常識になってしまいました。電車の中で詩集をひろげて大声で朗読したりすれば、まわりの人にじろじろ見られてしまうでしょう。そんなふうに詩が声に出されなくなったのは、声に出す気になれない詩、音読してはかえって意味が分からなくなる詩が増えたからで、それにはそれなりのさまざまな理由がありますが、ここでは触れません。

そのように声をなくしたことで詩は多くのものを得ましたが、同時にまた多くのものを失いもしたのです。このアンソロジーは日本の詩歌の歴史を声によってたどってみようというおそらく日本で初めての試みです。文字ではなく声を通して感じとることで、日本の詩歌を再発見したいと私たちは考えました。ですから私たちは、できるだけ声に出しやすい詩、声に出して楽しく分かりやすい詩を選びました。

詩を自分で声にするのは照れくさいものです。小学校の教室でみんなで声を合わせて読む、いわゆる斉読はそうでもないかもしれませんが、あれは私の意見では詩の朗読と言えるものではありません。詩はあくまでひとりひとりの人間の心とからだと声によって読まれるのが基本だと思います。私もいつからか自作朗読というのを人前でするようになりましたが、初めのうちはとても緊張して胃が痛くなったほどでした。

しかしだんだん自分の詩を自分の声で人に伝えるのが楽しくなりました。活字では味わえない良さに気がついたと言ってくれる人もいたし、反対に作者の声が詩の広がりをせばめてしまったと言う人もいましたが、私は黙っている活字を通してしか触れ合えなかった読者と、じかに向かい合えるのが嬉しかったし、また音読することで自分の詩の書きかたも少しずつ変わってきました。

日本には昔から『万葉集』『古今和歌集』を始めとするすぐれたアンソロジー(詞華集とも言います)の伝統がありますが、明治にはいってからは『海潮音』『月下の一群』などの訳詩集を別として、歴史に名が残るようなアンソロジーが出ていません。さまざまな主題や編者によるアンソロジーはたくさん出版されているのに、どうしてなのでしょうか。

その理由のひとつとして、詩が、特に現代詩が言ってみれば専門化してしまい、毎日の生活の中で楽しまれることが少なくなったということが挙げられると思います。詩はひとりの個人の魂から生まれるものです。それは今も昔も変わりはありません。しかし昔の日本人は同時に詩を大勢で楽しむすべを知っていました。歌合わせ、連句、そして百人一首もまたそうです。

気の合った者同士が集まって詩をつくり、それを贈りあったり、感想を言い合ったり、またみんなで合作したりして楽しんだのです。そんなときには詩は紙に書いて見せ合うだけでなく、きっと声に出して読み合ったものと想像されます。そういう背景があってこそ、自分では詩をつくらない人々もまた、詩をそれぞれの生活の中で楽しむことができたのではないでしょうか。

昔はアンソロジーと言っても、一冊の本だけを意味したわけではなかったと思います。それは暗記され口誦されることで私たちの心身に入りこみ、知らず知らずのうちに私たちの気持ちをときには慰め、ときにははげますものでした。鑑賞やら解釈やらを言うより先に、おそらくは文字よりも先に、声としての詩が私たちにおとずれていたのです。

このアンソロジーを勉強する必要はありません。声に出し、耳で聞いて楽しんでほしいのです。多少意味のとれないところがあったって気にすることはありません。私たちの母の言葉である日本語の調べとリズムはどこよりもまず、あなたのからだのうちにひそんでいるのです。声になった詩はあなたの全心身と共鳴することを望んでいます。

友人のひとりがアメリカの知人の家に泊めてもらったとき、寝室のナイトテーブルの上に一冊の詩のアンソロジーが置いてあって、それを拾い読みしながら眠ったのがとてもいい気持ちだったと話してくれたことがあります。このアンソロジーもそんなふうに何気なく、日本中の家庭にはいっていってくれるといいなあと願っています。

岩波文庫の最新刊

ヤン・ポトツキ作／畑浩一郎訳

サラゴサ手稿（上）

ポーランドの貴族ポトツキが仏語で著した奇想天外な物語。作者没後、原稿が四散し、二十一世紀になって全容が復元された幻の長篇、初の全訳。（全三冊）

〔赤N五一九‐一〕 **定価一二五四円**

復本一郎編

正岡子規ベースボール文集

無類のベースボール好きだった子規は、折りにふれ俳句や短歌に詠み、随筆につづった。明るく元気な子規の姿が目に浮かんでくる。

〔緑一三‐一三〕 **定価四六二円**

佐藤春夫作

田園の憂鬱

青春の危機、歓喜を官能的なまでに描き出した浪漫文学の金字塔。佐藤春夫（一八九二‐一九六四）のデビュー作にして、大正文学の代表作。改版。（解説＝河野龍也）。

〔緑七一‐一〕 **定価六六〇円**

……今月の重版再開……

ロマン・ロラン著／蛯原徳夫訳

ミレー

定価七九二円

〔赤五五六‐四〕

テオプラストス著／森進一訳

人さまざま

定価七〇四円

〔青六〇九‐一〕

定価は消費税10％込です　　2022. 9

岩波文庫の最新刊

須藤 靖編
20世紀科学論文集
現代宇宙論の誕生

宇宙膨張の発見、ビッグバンモデルの提唱など、現代宇宙論の基礎をなす発見と理論が初めて発表された古典的論文を収録する。
〔青九五一－一〕 定価八五八円

カレル・チャペック作／阿部賢一訳
マクロプロスの処方箋

百年前から続く遺産相続訴訟の判決の日。美貌の歌手マルティの謎めいた証言から、ついに露わになる「不老不死」の処方箋とは？ 現代的な問いに満ちた名作戯曲。
〔赤七七四－四〕 定価六六〇円

カール・シュミット著／権左武志訳
政治的なものの概念

政治的なものの本質を「味方と敵の区別」に見出したカール・シュミットの代表作。一九三二年版と三三年版を全訳したうえで、各版の変化をたどる決定版。
〔白三〇－二〕 定価九二四円

太宰 治作
右大臣実朝 他一篇

悲劇的な最期を遂げた、歌人にして為政者・源実朝の生涯を歴史文献『吾妻鏡』と幽美な文を交錯させた歴史小説。（解説＝安藤宏）
〔緑九〇－七〕 定価七七〇円

……今月の重版再開……

金 素雲訳編
朝鮮童謡選
定価七九二円
〔赤七〇－一〕

金田一京助採集並ニ訳
アイヌ叙事詩
ユーカラ
定価一〇一二円
〔赤八二－一〕

政治の世界 他十篇	丸山眞男 松本礼二編注
超国家主義の論理と心理 他八篇	丸山眞男 古矢旬編
田中正造文集 全二冊	由井正臣 小松裕編
国語学史	時枝誠記
定本 育児の百科 全三冊	松田道雄
大西祝選集 全三冊	小坂国継編
哲学の三つの伝統 他十二篇	野田又夫
中国近世史	内藤湖南
大隈重信演説談話集	早稲田大学編
大隈重信自叙伝	早稲田大学編
人生の帰趣	山崎弁栄
通論考古学	濱田耕作
転回期の政治	宮沢俊義
何が私をこうさせたか —獄中手記	金子文子
明治維新	遠山茂樹
禅海一瀾講話	釈宗演
明治政治史	岡義武
転換期の大正	岡義武
山県有朋 —明治日本の象徴	岡義武
近代日本の政治家	岡義武
ニーチェの顔 他十三篇	氷上英廣 三島憲一編
伊藤野枝集	森まゆみ編
前方後円墳の時代	近藤義郎
日本の中世国家	佐藤進一

《日本文学(古典)》〔黄〕

古事記　倉野憲司校注
日本書紀　全五冊　坂本太郎・家永三郎・井上光貞・大野晋校注
万葉集　全五冊　佐竹昭広・山田英雄・工藤力男・大谷雅夫・山崎福之校注
原文万葉集　全二冊　佐竹昭広・山田英雄・工藤力男・大谷雅夫・山崎福之校注
竹取物語　阪倉篤義校訂
伊勢物語　大津有一校注
玉造小町子壮衰書 ―小野小町物語　杤尾武校注
古今和歌集　佐伯梅友校注
土左日記　紀貫之　鈴木知太郎校注
源氏物語　全九冊　柳井滋・室伏信助・大朝雄二・鈴木日出男・藤井貞和・今西祐一郎校注
枕草子　池田亀鑑校訂
更級日記　西下経一校注
今昔物語集　全四冊　池上洵一編
西行全歌集　久保田淳・吉野朋美校注
建礼門院右京大夫集 付 平家公達草紙　久松潜一・久保田淳校注
梅沢本古本説話集　川口久雄校訂

後拾遺和歌集　久保田淳・平田喜信校注
詞花和歌集　工藤重矩校注
古語拾遺　斎部広成撰　西宮一民校注
王朝漢詩選　小島憲之編
新訂方丈記　市古貞次校注
新訂新古今和歌集　佐佐木信綱校訂
新訂徒然草　西尾実・安良岡康作校注
平家物語　全四冊　梶原正昭・山下宏明校注
神皇正統記　北畠親房　岩佐正校注
御伽草子　全二冊　市古貞次校注
王朝秀歌選　樋口芳麻呂校注
定家八代抄 ―続王朝秀歌選　全二冊　樋口芳麻呂・後藤重郎校注
中世なぞなぞ集　鈴木棠三編
読む能の本 謡曲選集　野上豊一郎編
東関紀行・海道記　玉井幸助校訂
おもろさうし　外間守善校注
太平記　全六冊　兵藤裕己校注

好色五人女　井原西鶴　東明雅校註
武道伝来記　井原西鶴　横山重・前田金五郎校注
西鶴文反古　井原西鶴　片岡良一校訂
芭蕉紀行文集 付 嵯峨日記　中村俊定校注
芭蕉おくのほそ道 付 曾良旅日記・奥細道菅菰抄　萩原恭男校注
芭蕉俳句集　中村俊定校注
芭蕉連句集　中村俊定・萩原恭男校注
芭蕉書簡集　萩原恭男校注
芭蕉文集　潁原退蔵編註
芭蕉俳文集　全二冊　堀切実編注
芭蕉自筆奥の細道　上野洋三・櫻井武次郎校注
蕪村俳句集 付 春風馬堤曲 他二篇　尾形仂校注
蕪村七部集　伊藤松宇校訂
蕪村文集　藤田真一編注
国性爺合戦・鑓の権三重帷子　近松門左衛門　和田万吉校訂
折たく柴の記　新井白石　松村明校注
近世畸人伝　伴蒿蹊　森銑三校註

読書子に寄す

――岩波文庫発刊に際して――

岩　波　茂　雄

真理は万人によって求められることを自ら欲し、芸術は万人によって愛されることを自ら望む。かつては民を愚昧ならしめるために学芸が最も狭き堂宇に閉鎖されたことがあった。今や知識と美とを特権階級の独占より奪い返すことはつねに進取的なる民衆の切実なる要求である。岩波文庫はこの要求に応じそれに励まされて生まれた。それは生命ある不朽の書を少数者の書斎と研究室とより解放して街頭にくまなく立たしめ民衆に伍せしめるであろう。近時大量生産予約出版の流行を見る。その広告宣伝の狂態はしばらくおくも、後代にのこすと誇称する全集がその編集に万全の用意をなしたるか。千古の典籍の翻訳企図に敬虔の態度を欠かざりしか。さらに分売を許さず読者を繋縛して数十冊を強うるがごとき、はたしてその揚言する学芸解放のゆえんなりや。吾人は天下の名士の声に和してこれを推挙するに躊躇するものである。このときにあたって、岩波書店は自己の責務のいよいよ重大なるを思い、従来の方針の徹底を期するため、すでに十数年以前より志して来た計画を慎重審議この際断然実行することにした。吾人は範をかのレクラム文庫にとり、古今東西にわたって文芸・哲学・社会科学・自然科学等種類のいかんを問わず、いやしくも万人の必読すべき真に古典的価値ある書をきわめて簡易なる形式において逐次刊行し、あらゆる人間に須要なる生活向上の資料、生活批判の原理を提供せんと欲する。この文庫は予約出版の方法を排したるがゆえに、読者は自己の欲する時に自己の欲する書物を各個に自由に選択することができる。携帯に便にして価格の低きを最主とするがゆえに、外観を顧みざるも内容に至っては厳選最も力を尽くし、従来の岩波出版物の特色をますます発揮せしめようとする。この計画たるや世間の一時の投機的なるものと異なり、永遠の事業として吾人は微力を傾倒し、あらゆる犠牲を忍んで今後永久に継続発展せしめ、もって文庫の使命を遺憾なく果たさしめることを期する。芸術を愛し知識を求むる士の自ら進んでこの挙に参加し、希望と忠言とを寄せられることは吾人の熱望するところである。その性質上経済的には最も困難多きこの事業にあえて当たらんとする吾人の志を諒として、その達成のため世の読書子とのうるわしき共同を期待する。

昭和二年七月

声《こえ》でたのしむ 美《うつく》しい日本《にほん》の詩《し》　岩波文庫別冊 25

2020 年 1 月 16 日　第 1 刷発行
2022 年 9 月 26 日　第 5 刷発行

編　者　大岡《おおおか》 信《まこと》　谷川俊太郎《たにかわしゅんたろう》

発行者　坂本政謙

発行所　株式会社 岩波書店
〒101-8002 東京都千代田区一ツ橋 2-5-5

案内 03-5210-4000　営業部 03-5210-4111
文庫編集部 03-5210-4051
https://www.iwanami.co.jp/

印刷・精興社　製本・中永製本

ISBN 978-4-00-350028-6　Printed in Japan

〔編集付記〕

本書は、大岡信・谷川俊太郎編『声でたのしむ 美しい日本の詩 和歌・俳句篇』『声でたのしむ 美しい日本の詩 近・現代詩篇』(ともに岩波書店、一九九〇年刊)の二冊を、一冊にまとめて岩波文庫化したものである。

(岩波文庫編集部)

索　引

各ジャンルごとに作者を五十音順に並べ，和歌・俳句・歌謡・連句はその初句を，近・現代詩は題名を掲げた．作者に複数の作品がある場合は，掲載順に配列した．

古典和歌

近代短歌

歌謡・連句

近世俳句

近代俳句

近・現代詩